인생의 교과서

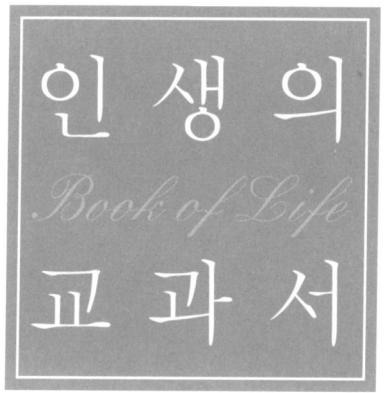

인생의

Book of Life

교과서

루화난 지음 | 허유영 옮김

달과소

눈앞의 이익에만 급급한 사람은

순간적인 쾌락밖에는 얻을 수 없고,

목표가 너무 원대해도 현실이라는 장벽에 부딪힐 수 있다.

이 책이 인생이라는 수업을 받고 있는 당신에게

좋은 지침서가 되기를….

Contents

2

Contents

3

4

1장

노력은 환상보다 꿈을 이루기 위한
훨씬 더 빠른 길이다.

 book of life

자만

벌목공

한 직원의 사무실 책상에는 풀이며 색연필, 스테이플러 등 모든 사무용품이 두 개 이상 준비되어 있었다. 이상하게 생각한 친구가 그 이유를 묻자 남자는 스테이플러 침에 얽힌 이야기를 해주었다.

그는 명문대학을 졸업하고 우수한 성적으로 회사에 취업한 재원이었다. 취직 당시 그는 마음만 먹으면 세상 모든 일을 이룰 수 있다는 자신감으로 가득 차 있었다. 그런데 설레는 마음으로 시작한 직장에서 그의 앞에 놓여진 일들은 대부분 잡다하고 사소한 일이었다. 별다른 지식이 있어야 할 수 있는 일도 아니고, 또 아무리 해봤자 성과를 낼 수 있는 일도 아니었다. 그런 일들을 하다 보니 그의 열정은 모르는 사이에 점점 식어갔다.

그러던 어느 날, 중요한 회의를 앞두고 온 직원이 철야근무를 하며 회의를 준비했다. 그에게 맡겨진 일은 서류들을 묶고 봉인

하는 일이었다. 그의 상사인 과장은 차질 없이 완벽하게 준비하라고 신신당부했다.

그는 괜히 불쾌해졌다. 어린 아이도 아닌데 이까짓 일도 못할까봐 누차 당부를 한단 말인가. 다른 동료들은 분주하게 일하고 있는데 그는 옆에서 신문을 뒤적였다.

마침내 모든 서류가 완성되어 그에게 전해졌다. 이제 서류들을 나누어 묶으면 그만이었다. 그런데 갑자기 스테이플러에서 '틱' 하는 소리가 났다. 침이 다 떨어진 것이다. 그는 느릿한 동작으로 스테이플러 침이 든 상자를 열었다. 그런데 이게 웬일인가. 상자가 텅 비어있는 것이었다.

모두 비상이 걸렸다. 사무실에 있는 모든 서랍을 뒤졌지만 어찌된 영문인지 평소에는 발에 채일 정도로 흔하던 것이 그날따라 단 하나도 찾을 수 없었다.

시간은 이미 밤 11시 30분. 서류는 이튿날 아침 8시 회의가 시작되기 전에 제출해야만 했다. 과장이 거의 포효하듯 외쳤다.

"철저히 준비하라고 그렇게 당부하지 않았나? 이런 작은 일조차 제대로 못하는데 일류 대학 졸업장이 무슨 소용이 있나?"

그는 그저 벌겋게 달아오른 얼굴을 푹 숙인 채 꿀 먹은 벙어리처럼 서있었다.

몇 시간 동안 스테이플러 침을 사기 위해 이리저리 헤매다가 새벽 4시가 되어서야 24시간 영업을 하는 상점에서 스테이플러 침을 살 수 있었다. 일이 무사히 마무리된 후 과장이 그를 불렀다. 평소에도 엄격하고 인정머리 없는 사람이라고 생각하고 있던 그는 한바탕 훈계를 들을 각오를 하고 과장에게로 갔다. 그런데 과장은 뜻밖에도 이 한 마디밖에 하지 않았다.

"기억하게. 일 앞에서는 누구나 평등하다네."

그는 그 말을 가슴 깊이 새기고 평생 동안 잊지 않으리라 다짐했다. 그리고 그 때부터 무슨 일을 하든 철저하게 준비하는 것을 낭비라고 생각하지 않았다.

천리마를 넘어뜨리는 것이 때로는 고산준령이 아니라 서로 묶인 여린 풀이다. 성공으로 가는 길 위에 있는 진정한 장애물은 작은 소홀함과 경솔함이다. 작은 스테이플러 침처럼 말이다.

. . .

한 늙은 벌목공이 초보 벌목공 릭에게 벌목하는 방법을 가르쳐 주었다.

"나무를 벨 때 그 나무가 어느 쪽으로 쓰러질지 알 수 없다면 베지 말아야 하네. 나무는 언제나 지탱하는 힘이 약한 쪽으로 쓰러진다네. 그러므로 쓰러뜨리려는 방향의 지지력을 약화시켜야 해."

하지만 릭은 반신반의했다. 이번에 벨 나무의 옆에는 호화로운 저택이, 다른 한 쪽에는 창고가 있었다. 나무가 쓰러지면서 저택이나 창고를 덮친다면 큰일이었다.

릭은 잔뜩 긴장된 얼굴로 늙은 벌목공을 쳐다보았다. 늙은 벌목공은 저택과 창고 사이에 줄을 하나 그었다. 그리로 나무를 쓰러뜨리겠다는 것이었다. 하지만 도끼 외에 다른 것은 아무것도 없었다. 오로지 힘과 기술만으로 나무를 베어야 했다. 늙은 벌목공이 도끼를 쳐들더니 나무를 향해 힘껏 내리쳤다. 나무 밑동의 1미터쯤 되는 곳이 정확히 움푹 파였다. 예순을 넘긴 나이였지만 힘은 젊은 사람 못지않았다.

약 30분쯤 지났을까. 나무는 과연 땅 위에 그어놓은 선 위로 털썩 쓰러졌다. 릭이 감탄하며 어떻게 그렇게 정확하게 쓰러뜨릴 수 있었는지 물었지만 늙은 벌목공은 아무 말도 하지 않았다. 베어진 거목은 한 나절도 되지 않아 가지런한 목재로 탈바꿈했고 잔가지들은 땔감이 되었다. 릭은 그날의 경험을 결코 잊지 않으리라 결심했다.

도끼를 짊어지고 자리를 떠나려는데 늙은 벌목공이 그제야 한마디 했다.

"오늘은 운이 좋았네. 바람이 없었거든. 항상 바람을 조심해야 하네."

릭은 이 말에 담긴 속뜻을 몇 년 후 한 사람이 심장이식수술을 받은 직후 죽었다는 소식을 들은 후에야 비로소 깨달을 수 있었다. 심장이식수술은 예상보다 훨씬 순조롭게 진행되었다. 수술 후 환자의 회복속도도 매우 빨랐다. 그런데 갑자기 이상증세가 생기더니 환자는 손을 쓸 겨를도 없이 사망하고 말았다. 부검 결과 환자의 사망원인은 뜻밖에도 다리에 난 경미한 상처였다. 상처를 통해 감염된 세균이 폐로 침투해 전체 폐기능이 상실된 것이었다.

릭의 눈앞에 늙은 벌목공의 얼굴이 오버랩 되어 나타났다.

"언제나 바람을 조심해야 하네."

늙은 벌목공의 목소리가 귓가를 쟁쟁하게 울렸다. 아주 간단한 일, 간단한 이치라도 쉽게 이해할 수 없는 일들이 있다. 심장이식 환자의 죽음은 우리에게 '공 든 탑도 개미구멍 하나에 무너질 수 있다'는 간단한 이치를 일깨워주고 있다. 대수롭지 않게 생각하는 작은 상처가 목숨까지도 앗아갈 수 있는 것이다.

늙은 벌목공은 이미 세상을 떠나고 없었지만, 그가 릭에게 남긴 교훈은 여전히 릭의 뇌리에 선명하게 남았다.

일에서 성공을 거둔 후 사람들은 대부분 의기양양하게 어깨를 으쓱이지만, 릭은 늘 거울 속의 자기 얼굴을 바라보며 의미심장한 어조로 말한다.

"이번엔 운이 좋아서 바람을 만나지 않았어."

••• 작은 구멍 하나가 돌이킬 수 없는 실패를 가져올 수 있다. 아무리 사소해 보이는 것일지라도 결코 소홀히 해서는 안 된다. 성공하더라도 자만심에 빠지지 말라. 그건 단지 운이 좋아서 바람을 만나지 않았기 때문이다.

첫 수업

한 의사가 모교에서 열리는 강연회에 참석하게
되었다. 그런데 그날 강연자로 나선 사람은 대학 시절에 가르침
을 받았던 은사님이었다. 교수님은 그를 알아보지 못했다. 수많
은 제자들을 모두 기억하실 것이라고 기대하는 것은 무리였다.
졸업한지 이미 10년이나 되지 않았던가.

첫 번째 강연에서 교수님은 강연 시간의 절반을 한 가지 이야
기를 하는데 할애했다. 그런데 그 이야기는 대학 시절에 이미 그
교수님에게 들었던 것이었다.

이야기의 내용은 대강 이러했다.

병을 앓고 있는 한 소년이 있었다. 좋다는 약은 다 써보았지만
병세는 호전되지 않았고, 병원비로 집안의 모든 재산을 탕진하고
말았다. 그러던 어느 날 용한 의사가 있다는 말에 소년의 어머니
는 아들을 업고 한달음에 달려갔다. 그런데 유명세 때문인지 병

원비가 너무 비쌌다. 어머니는 어쩔 수 없이 매일 산에서 나무를 해다가 장에 내다 팔아 약을 한 첩씩 지어다가 약초에서 아무런 맛도 우러나지 않을 때까지 몇 번을 달여 먹였다.

그런데 이상한 일이었다. 어머니는 약을 짜내고 남은 찌꺼기를 동네 어귀에 모두 쏟아버려 다른 사람들이 밟고 지나가도록 했던 것이다. 소년이 어머니에게 물었다.

"약 찌꺼기를 왜 길에 버리세요?"

어머니가 작은 소리로 속삭였다.

"남들이 네 약 찌꺼기를 밟고 지나가면 네 병도 같이 가져가는 거란다."

"어떻게 그럴 수가 있어요? 설령 병이 고쳐지지 않는다고 해도 남에게 옮겨줄 순 없어요."

그 후로 소년은 어머니가 약 찌꺼기를 길에 버리는 것을 단 한 번도 보지 못했다. 약 찌꺼기는 대신 뒤뜰의 작은 오솔길에 버려졌다. 그 길은 어머니가 산에 나무를 하러 갈 때에만 지나가는 길이었다.

의사는 시큰둥한 표정으로 정말 고리타분하고 고집스런 교수라고 속으로 빈정거렸다.

"10년이 지났는데 아직도 저 이야기를 하고 있군."

이야기를 마친 교수는 학생들에게 몇 가지 질문을 던졌다. 그다지 심오한 질문이 아니었기 때문에 학생들에게 그 자리에서 당장 대답을 해보라고 했다. 처음 몇 가지 질문에는 모든 학생들이 쉽게 대답했다. 하지만 마지막 문제에는 누구도 선뜻 대답하지 못했다. 마지막 질문은 바로 "매일 아침 사무실을 청소하는 청소부의 이름은 무엇인가?"라는 것이었다. 교수의 질문이 끝나자마자 학생들 모두 웃음을 터뜨렸지만 그 질문에 시원스레 대답하는 사람은 단 한 명도 없었다.

의사도 허탈한 웃음을 지었다. 어떻게 마지막 질문까지도 10년 전과 달라진 것이 하나도 없을까?

하지만 교수의 표정은 매우 엄숙하고 진지했다. 그는 칠판에 이런 한 줄을 써내려갔다.

'사회생활을 하면서 만나는 사람들 중에 어느 누구도 중요하지 않은 사람이 없다. 반드시 모든 사람을 배려하고 관심을 베풀어야 한다.'

그리고 교수는 이 질문에 유일하게 대답한 단 한 명의 이름을 부르며 특별히 칭찬했다.

그는 바로 교수의 10년 전 제자인 의사였다. 하지만 그 의사조차도 자신이 무의식중에 평소에 청소부들의 이름을 모두 외우고 있다는 사실을 그제야 깨달았다. 그는 자신의 병원에서 일하는 100여 명이나 되는 청소부들의 이름을 일일이 기억하고 있었던 것이다.

10년 전 그의 말문을 막히게 했던 이 질문이 그에게 이렇게 오랫동안 영향을 미쳤다는 것은 그조차 생각하지 못했던 사실이다.

．．．

살면서 만나는 모든 사람들 그리고 주변의 모든 사람들을 중요하게 생각해야 한다.

남들에게 진정으로 관심을 갖는다면 남들의 관심을 끄는 것보다 훨씬 더 짧은 시간에 훨씬 더 많은 친구를 사귈 수 있다는 사실을 알고 있는 사람은 많다. 하지만 많은 사람들이 자신이 직접 남들에게 관심을 가지려고 노력하기 보다는 남들로 하여금 자신에게 관심을 갖도록 하는 방법으로 친구를 사귀려한다. 이런 방법으로는 남들로 하여금 자신에게 관심을 갖도록 할 수도 없고, 또 친구를 사귀기도 어렵다. 그런데도 사람들은 오로지 자기 자신에게만 관심을 갖는다.

우리가 만약 남들 앞에서 자신을 드러내 주의를 끌려고만 한다면 평생토록 진정한 친구는 사귈 수 없다. 친구, 아니 진정한 친구는 이런 방법으로 얻어지는 것이 아니다.

이미 세상을 떠난 오스트레일리아의 저명한 심리학자인 알프 안드레이는 《당신에게 있어서 인생의 의미》라는 책에서 이렇게 말했다.

"남들에게 관심이 없는 사람은 일생동안 어려운 일을 가장 많이 겪을 뿐만 아니라, 남들에게도 가장 큰 해악을 끼친다. 인류의 모든 실패는 바로 이런 사람들에게서 나온 것이다."

뉴욕대학에서 단편소설을 직접 쓰는 과목을 개설한 적이 있었다. 하루는 한 잡지사의 편집장을 초청해 특강을 했는데 수업 시간에 그가 학생들에게 말했다.

"매일 수없이 많은 소설 원고들이 제게로 배달됩니다. 하지만 원고의 몇 줄만 훑어보아도 작가가 타인에게 관심이 있는지 없는지 금세 알 수 있죠. 남들에게 관심이 없는 사람이 쓴 글은 남들에게 관심을 끌지 못합니다. 유명한 소설가가 되고 싶다면 반드시 타인에게 관심을 가져야 합니다."

이 말은 비단 글쓰기에만 국한되는 말이 아니며 세상을 살아가는데 있어서도 충분히 적용될 수 있다.

이것은 또 루스벨트 대통령이 사람들에게 존경받을 수 있었던 비결이기도 하다. 그는 특히 곁에서 시중을 드는 시종들에게 존경과 사랑을 받았다. 루스벨트 대통령의 시종이었던 흑인 제임스 아모스는 《시종들의 영웅 - 시어도어 루스벨트》라는 책에서 다음과 같은 감동적인 일화를 소개했다.

"언젠가 내 아내가 대통령께 메추라기에 대해 여쭤본 적이 있었다. 대통령은 메추라기를 한번도 본 적이 없던 내 아내에게 메추라기에 대해 자세하게 설명해주었다. 그런데 얼마 후 우리 집으로 전화 한 통이 걸려왔다. 아내가 전화를 받아보니 전화를 건 사람은 다름 아닌 대통령이었다. 대통령은 아내에게 지금 우리

집 창문 밖에 메추라기 한 마리가 앉아있으니 내다보라고 말해주기 위해 전화를 거신 것이었다. 루스벨트 대통령은 늘 이렇게 작은 일까지도 세심하게 배려해주시는 분이었다. 백악관 안에 있는 우리 집 옆을 지나가실 때에도 그냥 지나치지 않으시고, '안녕, 애니!' 혹은 '안녕, 제임스!' 하고 부드럽게 부르시곤 했다. 이건 우정을 표시하기 위한 그분의 인사습관이었다."

어떻게 이런 주인을 좋아하지 않을 수 있을까? 아니, 곁에서 시중을 드는 사람이 아니라도 그를 좋아하지 않고는 못 배길 것이다.

한 번은 대통령직에서 물러난 루스벨트 대통령이 예고 없이 백악관을 방문한 적이 있었다. 때마침 태프트 대통령 부처는 출타 중이었다. 그런데 그는 예전에 자신을 시중들던 일꾼들을 만날 때마다 일일이 이름을 불러가며 반갑게 인사를 하는 것이었다. 주방의 허드렛일을 하는 보조조리사에게도 예외가 아니었다. 그가 신분의 고하를 막론하고 모든 사람들에게 진심 어린 애정을 품고 있었음을 알 수 있는 대목이다.

루스벨트는 주방에서 일하는 앨리스와 마주치자, 요즘도 옥수수빵을 만드는지 물었다. 앨리스가 가끔 일꾼들을 위해 만들기는 하지만 윗분들은 드시지 않는다고 대답하자, 루스벨트는 불만에 찬 목소리로 "맛을 모르는 사람들이로군. 내가 대통령을 만나면 말해주겠네."라고 말했다.

앨리스가 쟁반에 빵을 담아 가져다 주었더니 루스벨트는 빵을 집어 들고 맛있게 먹으며 길에서 마주치는 정원사와 일꾼들에게 일일이 인사를 건넸다.

"모두에게 예전과 똑같이 대하시는군."

일꾼들은 너나할 것 없이 서로 귓속말을 하며 대통령을 친근한 눈빛으로 바라보았다. 오랫동안 백악관 수석 집사를 지낸 아이크 후번은 "그렇게 기쁜 날은 내 평생 없었다. 우리들 중 백만 달러를 준다 해도 그 날과 바꿀 사람은 아무도 없을 것이다."라고 말하며 눈물을 글썽이기도 했다.

다른 사람들이 자신을 좋아하기를 바라고 또 진정한 우정으로 남들을 돕고 싶다면 다음의 원칙을 반드시 가슴 속에 새겨두자.

다른 사람들에게 순수한 관심을 기울이라.

. . .

나폴레옹 힐이 초등학생들에게 글짓기에 대한 강의를 할 때의 일이다. 힐은 유명한 작가들을 초청해 학생들에게 그들의 글짓기 경험을 들려주고 싶었다. 그래서 힐은 당대의 유명한 작가들에게 편지를 써서 학생들이 그의 작품을 매우 좋아하며, 그에게 직접 글짓기 지도를 받고 또 성공의 비결을 전해들을 수 있기를 간절히 소망하고 있다고 밝혔다. 그리고 편지마다 150명의 학생들이 직접 쓴 메시지를 함께 동봉했다. 학생들의 메시지는 자신들이 궁금해 하는 문제와 글짓기에 대한 질문들에 관한 것이었다. 바

뿐 그들이 특강을 준비하는데 도움이 되도록 하기 위함이었다. 편지를 받은 작가들은 대부분 학생들의 편지와 배려에 감동하며 바쁜 시간을 억지로 쪼개가며 기꺼이 특강을 해주었다.

힐은 똑같은 방법으로 재무장관과 검찰총장, 프랭클린 루스벨트 등 수많은 저명인사들을 그의 수업에 강사로 초청할 수 있었다.

친구를 사귀고 싶다면 적극적으로 나서서 다른 사람들을 도와 주어야 한다. 그것이 비록 시간과 정력이 소모되고 진심으로 성의를 가져야만 가능한 일이기는 하지만 말이다. 영국의 윈저공이 왕세자였을 때의 일이다. 한번은 그가 남미를 방문하기로 했는데, 그는 현지 언어로 연설을 하기 위해 남미 방문 전 몇 개월 동안 스페인어 공부에 몰두했었다고 한다.

우리가 다른 사람에게 관심을 가질 때 비로소 다른 사람들도 우리에게 관심을 갖는다.

••• 어딜 가나 누구에게나 환영받는 사람이 되고 싶다면 이 한 가지 원칙을 기억하라. 진심을 다해 남들에게 관심을 기울이라.

게임이론

　　게임이론은 현대 경제학의 기초이론 가운데 하나로, 사람의 행동 가운데 선택과 균형의 문제에 대해 연구한 것이다. 게임이론을 설명할 때 가장 흔히 제시하는 예 가운데 '돼지의 딜레마' 라는 것이 있다.

　돼지우리에 큰 돼지와 작은 돼지를 넣고, 돼지우리의 한쪽에 시소처럼 생긴 널빤지를 설치한다. 이 널빤지를 밟으면 우리의 다른 쪽 끝에 있는 먹이통에서 먹이가 조금 떨어져 나온다. 만약 돼지가 이 널빤지를 밟으면 다른 돼지는 먹이통에서 떨어지는 먹이를 먼저 먹을 수 있는 기회를 얻게 되는 것이다. 작은 돼지가 널빤지를 밟으면 큰 돼지는 작은 돼지가 먹이통 아래로 채 달려오기 전에 떨어진 먹이를 모두 먹어치울 수 있다. 반대로 큰 돼지가 널빤지를 밟으면 큰 돼지는 작은 돼지가 먹이를 다 먹기 전에 먹이가 있는 곳까지 달려가 남은 먹이를 빼앗아 먹을 수 있다. 여기에서 한 가지 질문을 하겠다.

"두 마리 돼지가 과연 어떻게 행동할까?"

답은 바로 작은 돼지는 먹이통 아래에서 유유자적하며 기다리고 큰 돼지는 작은 돼지가 먹다 남은 먹이를 먹기 위해 널빤지와 먹이통 사이를 분주하게 오가게 된다는 것이다. 경제학자들은 이 현상을 게임이론에 적용시켜 일련의 경제현상들을 해석했다.

작은 돼지가 큰 돼지로 하여금 널빤지를 밟게 하고, 자신은 아무 것도 하지 않고 무위도식하기로 결정한 원인은 매우 간단하다.

만약 큰 돼지가 널빤지를 밟고 작은 돼지도 같이 널빤지를 밟을 경우, 작은 돼지가 먹을 수 있는 먹이는 매우 적어 기다리는 편이 훨씬 더 많은 먹이를 얻을 수 있다. 기다리는 것이 움직이는 것보다 더 낫다는 결론이 나온다. 반대로 큰 돼지가 기다리는 편을 선택하고 작은 돼지가 널빤지를 밟는다면, 작은 돼지는 먹이를 거의 먹을 수 없게 된다. 그러니 역시 기다리는 편이 행동하는 것보다 나은 것이다.

작은 기업을 경영함에 있어서 이 작은 돼지처럼 '손 안대고 코를 푸는 전략'을 사용하는 것, 이것은 바로 지혜로운 경영자가 가져야할 가장 기본적인 자질이다. 때로는 시장을 관망하며 다른 대기업들이 시장을 개발해놓을 때까지 기다리는 것이 현명한 선택이 될 수 있다. 이런 경우에는 행동하지 않는 것이 행동하는 것보다 나은 결과를 가져오곤 한다.

새로운 제품이 막 시장에 출시되어 소비자들이 제품의 성능이나 장점에 대해 잘 알지 못한다면 광고나 홍보로 작은 기업이 대기업에 대적하는 것은 매우 어려운 일이다. 이런 경우에는 기껏 신제품을 출시해놓고도 대기업에게 밀려 시장에서 설 자리를 잃게 될 수도 있다. 현명한 경영자라면 먼저 시장에 과감히 뛰어드는 것과 시기가 성숙되기를 기다리는 것을 놓고 계산을 해보아야한다. 먼저 시장에 뛰어들어 이익을 창출하고 그 이익을 재투자해 브랜드 경쟁에 사용할 것인지, 아니면 대기업들이 시장을 성숙하게 발전시키기를 기다렸다가 시장에 뛰어들 것인지를 말이다. 이 두 가지 가운데 어느 것이 회사에 유리할 것인지를 놓고 세밀하게 주판알을 튕겨 보아야 한다.

후자를 선택할 경우 작은 기업은 불필요한 지출을 최소화할 수 있다. 일상생활에서는 이런 경우를 흔히 접할 수 있지만, 작은 기업의 경영인들 가운데 이런 원리를 알고 있는 사람은 드문 듯 하다.

· · · ·

추운 겨울날, 여러 사람이 공동으로 사용하는 샤워장에 한 무리의 사람들이 들어갔다. 그런데 샤워기에서 찬물이 쏟아져 나오고 있는 것이었다. 이런 상황에서 누가 제일 먼저 샤워실로 들어가 수도꼭지를 잠그는 '큰 돼지'의 역할을 할 것인가? 누군가가 잠그지 않는다면 아무도 샤워를 할 수 없지만, 누군가 나서서 총

대를 메고 물을 잠근다면 그 뒷사람들은 모두 편안히 샤워를 즐길 수 있다. 이때 샤워실 안에 있는 사람들은 '돼지의 딜레마'에 빠지게 된다. '멍청한 큰 돼지'가 나타나 찬물을 뒤집어쓰고 수도꼭지를 잠근다면 나머지 '영리한 작은 돼지들'은 '게임'에서 가뿐하게 승리하게 되는 셈이다.

그런데 이런 딜레마에 빠졌을 때 어쩌면 '큰 돼지'가 나타나지 않을 수도 있지 않을까? 하지만 그런 경우는 없다. 오랫동안 어려움에 처하게 되면 대중의 이익을 위해 자신을 희생하는 '큰 돼지'가 반드시 나타나기 마련이다. 하지만 그럴 경우 그 '큰 돼지'가 얻는 것은 비참한 결과일 뿐이다.

그러면 도덕과 윤리를 상실해 더 이상 '큰 돼지'가 나타나지 않는 상황에서도 사회가 발전할 수 있을까? 물론 가능하다. 목욕탕 주인이 샤워장에 자동수도꼭지를 설치한다면 상황은 달라진다. 작은 돼지들은 이 '첨단' 시설을 이용해 찬물을 뒤집어쓰지 않고도 물을 잠가 모두에게 이롭게 할 수 있다. 다시 말해 사회의 도덕적 수준이 바닥에 다다라 모든 사람이 극히 이기적인 상황이 된다 해도 기술적인 진보를 통해 사회 전체의 복지수준을 향상시킬 수 있다.

그렇다면 제도를 통해 강제적으로 구속함으로써 도덕적인 구속력을 대신할 수 있을까? 즉, 제도를 통해 사람들의 행동을 개선시킬 수 있을까? 이 역시 충분히 가능하다. 샤워장 주인이 목욕시간에 따라 비용을 받기로 한다면 기다리면 기다릴수록 투자비용이 증가하기 때문에 많은 사람들이 '큰 돼지'를 자처할 것이다. 경제학자들이 현재 고민하고 연구하고 있는 문제가 바로 이것이다.

마지막으로, 그렇다면 교육을 통해 이런 문제점을 해결할 수 있을까? 사실 이것이 바로 가장 근본적인 해결방법이라고 할 수 있다. 하지만 이런 교육이 강압적인 주입식 교육이 되어서는 안 된다. 누구나 우애와 배려로 가득 찬 화목한 가정과 사회를 원하지만 이런 사회를 건설하기 위해서 없어서는 안 될 중요한 요인이 있다. 바로 관용과 사랑이다. 관용과 애정이 없이 규율과 제도만 존재하는 환경에서 자란 사람은 사회에 대한 애착이 전혀 없기 때문에 사회를 위해 자신이 가진 것을 내놓거나 희생하려는 생각은 전혀 하지 않는다.

••• 이익을 최대화하기 위해서는 반드시 '게임이론'의 관건이 되는 요인을 확실히 파악해야 한다. 그것은 바로 이익을 가장 이상적으로 분배하는 방법이다.

어수룩한 재상

　　세상을 살면서 똑똑해 보이는 것이 좋을까, 아니면 어수룩하게 보이는 것이 나을까? 사람마다 제각각 다른 의견을 가지고 있겠지만, 대부분의 사람들은 전자를 택하고 후자를 피하려 한다. 하지만 잘난 체 잔꾀를 부리려다가 실수하는 경우가 종종 있다. 잔꾀를 부리다가 일을 그르쳐 망신을 당하는 것 보다는 아예 처음부터 어수룩한 듯 보이는 것이 난처한 상황을 줄일 수 있다.

　　속담에 '재상의 뱃속은 배를 띄울 수 있을 만큼 넓다' 고 했다. 재상이 되기 위해서는 포용력이 필요하고, 포용력을 갖기 위해서는 도량이 필요하다는 뜻이다. 그런데 포용이란 바로 '어수룩하다', 즉 '끊고 맺음이 확실하지 않다' 는 의미를 내포하고 있다.

　　어수룩한 재상이라고 하면 사람들이 가장 먼저 떠올리는 인물은 바로 서한(西漢)의 재상 병길(丙吉)이다. 길에서 누가 맞아 죽어도 개의치 않던 병길이 가쁜 숨을 몰아쉬고 있는 소를 보더니 자초지종을 물었다. 아랫사람들이 그에게 "어찌 사람보다 동물을 더 중히 여기십니까?"라고 묻자, 병길은 "백성들이 서로 싸우는 것은 장안령(長安令)이나 경조윤(京兆尹) 같은 관리들이 처리해야 할 일이고, 재상의 일은 관리들의 한 해 실적을 평가해 황제께 보고하고, 그에 따라 상과 벌을 행하도록 간언을 드리는 것이네. 그러니 그런 일은 내가 직접 관여할 필요가 없지. 그런데 아직 한여름이 되지도 않았는데 소가 가쁜 숨을 쉬는 것은 절기에 맞지 않는 일이고, 절기에 맞지 않는 현상이 나타나면 재해가 발생할 수 있으니 재상인 내가 그런 일을 소홀히 할 수 없지 않은가?"라고 말했다.

병길이 비록 겉으로는 어리석은 듯 하나 사실은 매우 현명한 인재였음을 알 수 있다.

한나라 선제(宣帝)는 무제(武帝)의 증손자이자, 위태자(衛太子) 유거(劉據)의 손자였다. 그는 어렸을 적 위태자 유거가 모함을 당한 사건에 연루되어 장안의 감옥에 갇히게 되었다. 당시 이 사건을 조사하는 일을 맡은 사람이 바로 병길이었다. 속사정을 알고 있는 병길은 그에게 유모를 보내 그를 잘 보살피도록 했다. 그런데 무제가 병이 나자 술사가 황제에게, 장안의 감옥에 천자의 기운을 지닌 아이가 있으니 수감된 죄인들을 모조리 처형해야 한다고 주장했다. 물론 그 안에는 황제의 증손자까지도 포함되어 있었다. 그날 밤 황제가 보낸 사신이 감옥에 도착했으나, 병길은 그를 안으로 들여보내지 않았다. 무고한 사람을 죽일 수 없다는 것이 그 이유였다. 게다가 그는 황손이지 않은가. 날이 밝도록 실랑이를 벌였지만 병길의 고집을 꺾지 못하자 사신은 황제에게 이 사실을 알렸다. 이미 목숨이 경각에 달렸던 무제는 병길이 고집을 부리고 있다는 말을 듣고는 더 이상 고집을 부리지 않고 죄인들을 모두 석방해주었다.

훗날 황제로 즉위한 선제는 병길이 생명의 은인이라는 사실을 몰랐고, 병길도 그 사실을 입 밖에 내지 않았다. 그런데 내막을 잘 알고 있던 궁녀가 이 사실을 선제에게 고함으로써 선제는 비로소 병길에게 큰 은혜를 입었다는 사실을 알게 되어 그에게 자신의 공적을 드러내 자랑하지 않는 '이름 없는 영웅'이라고 찬사를 보냈다.

황제의 목숨을 구해주고도 그 사실을 알리지 않은 병길의 행동이 과연 어수룩한 것일까? 그렇지 않다. 아니, 반대로 병길의 현명함이 돋보이는 일이다. 무제가 붕어했을 때 나라의 모든 병권은 명장 곽거병(霍去病) 형제에 의해 좌지우지 되고 있었다. 선제역시 그들에 의해 옹립된 것이었다. 그러니 선제에게 있어서 곽거병의 아우 곽광(霍光)은 평생의 은인인 셈이었다. 하지만 곽광이 세상을 떠나자 선제는 곽씨 일가를 모조리 처형시켜 버렸다. 선제는, 황제는 언제라도 안면을 바꾸고 비정한 칼날을 휘두를 수 있다는 점을 몸소 보여준 인물이었다. 비록 황제의 은인이라고 해도 일단 황제에게 죄를 지으면 죽음을 면할 길이 없었다. '군주를 모시는 것은 호랑이와 함께 사는 것과 같다'는 옛말이 괜히 생겨난 말이 아니었다. 병길은 비록 황제에게 은혜를 베풀기는 했지만 이미 혼자 힘으로 황제 아래의 최고 권력자인 재상의 자리에 올랐으니 더 이상 바랄 것이 없다고 생각한 것 같다. 게다가 워낙 큰일이었기 때문에 굳이 자기 입으로 말하지 않아도 언젠가는 알려질 것이고, 또 그 일이 남의 입을 통해 황제의 귀에 들어간다면 충성스럽고 믿음직스럽다는 인상을 더 부각시킬 수 있다는 계산도 깔려있었을 것이다.

. . .

중국 역사상 현명한 재상을 꼽으라면 빠지지 않는 사람들이 있다. 바로 서한(西漢)의 소하(蕭何)와 조참(曹參)이다. 소하는 규칙을 만들었고 조참은 규칙을 목숨처럼 소중하게 지켰다. 또 다른 두 명은 당나라 때의 방현령(房玄齡)과 두여회(杜如晦)이다. 방현령은 다양한 계책을 내놓았고 두여회는 그 계책들 가운데 하나를 과감하게 선택했다. 중국 역사상 최고의 태평성세인 한대와 당대의 이 네 명의 재상들은 아마도 중국 최고의 재상들이라고 해도 과언이 아닐 것이다. 그런데 이 네 명 가운데 특히 조참은 어수룩하기로 유명한 재상이었다.

조참은 본래 진(秦)나라 패현(沛縣)의 하급관리였지만 유방(劉邦)을 따라 봉기하여 전쟁에서 큰 공을 세운 용장이었다. 조참과 소하는 본래 사이가 좋았으나 소하가 재상이 된 후 두 사람 사이에 알력다툼이 생겨 사이가 소원해졌다. 하지만 소하는 임종을 앞두고 조참을 재상으로 천거했다. 때마침 산동(山東) 지방에 있던 조참은 소하의 사망 소식을 듣고 자신이 반드시 재상이 되어야 한다며 곧장 장안으로 돌아왔다.

두 사람 모두 남다른 통찰력을 지닌 인재였다.

조참은 재상이 된 후, 정직하고 후덕한 사람을 뽑아 수하에 두고 원래 있던 똑똑하고 유능한 인재들은 모두 내쫓아버린 후 자신은 아무 것도 하지 않고 매일 주지육림에 빠져 흥청망청 살았다. 다른 신하들이 그에게 충고를 하려고 찾아오면, 조참은 다짜고짜로 술을 권해 일언반구도 꺼내지 못하도록 만들었다. 그의 행동을 이해하지 못한 것은 혜제(惠帝)도 마찬가지였다. 하지만 조참이 고제(高帝) 때 큰 공을 세운 공신이었기 때문에 직접 나무라기도 편치 않았다. 그래서 혜제는 조참의 아들을 불러다가 조참에게 대신 물어봐달라고 했다. 집으로 돌아간 조참의 아들은 황제가 시킨 대로 아버지께 물어보았다.

"고제께서 붕어하신지 얼마 되지 않았고, 새로 즉위한 황제가 어리신데 어찌하여 재상이신 아버지께서는 매일 술에 취해 지내시는 겁니까? 혹시 황제께서 아시는 것이 없어 보좌하기 싫으신 것인가요?"

아들은 이것이 황제가 시킨 것이라고는 말하지 않았다. 그러자 조참은 "나라의 대사는 네 놈이 왈가왈부할 수 있는 것이 아니다!"라고 버럭 화를 내며 아들에게 회초리를 20대나 때렸다. 이 소식을 들은 혜제가 어쩔 수 없이 자신이 시킨 일이라고 털어놓자, 조참은 그제야 머리를 조아리고 용서를 빌며 혜제에게 이렇게 물었다.

"폐하, 스스로 선대 폐하이신 고제와 비교해 어떠하다고 생각하십니까?"

"내 어찌 선대 폐하와 비할 수 있겠소?"

조참이 다시 물었다.

"그럼 저와 소하를 비교하면 어떻습니까?"

혜제가 대답했다.

"그대 역시 소하에 비할 수 없지."

조참이 탄식하듯 말했다.

"폐하의 말씀이 옳습니다. 선대 폐하와 소하는 천하를 평정하고 법률을 제정하셨습니다. 그러므로 이제 제정된 법령과 제도를 잃지 않고 지키는 것이 좋지 않겠습니까?"

조참이 재상이 되어 3년이 지나자 백성들 사이에서 이런 노래가 널리 불려졌다. "소하가 법을 만들고, 조참이 대신 지키며 조금도 잃지 않네. 그의 깨끗함과 조용함 덕분에 백성들은 모두 태평하구나!"

재상이 매일 술을 마시고 정사를 돌보지 않는 것은 어리석은 일이라고 해야 마땅하지만, 스스로 어리석음을 알고 오히려 어리석음을 드러내며 이를 통해 나라를 더욱 잘 다스렸다면 이것이야말로 남다른 지혜가 아닐까? 조참이 소하가 정해놓은 것들을 모두 바꾸고 직접 공을 세우는 데만 혈안이 되었었다면 나라가 어떻게 되었을까? 아마도 더욱 혼란해졌을 것이다.

당신의 주위를 둘러보라. 이런 오류를 범하는 사람들을 그리 어렵지 않게 찾아볼 수 있다. 처음 어떤 자리에 임명되면 남들이 자신을 무능하다고 손가락질 할까봐 두려워 불필요한 개혁을 추진하다가 평온했던 것을 도리어 더 혼란하게 만들곤 한다.

과거 중국의 전통적인 관념에 따르면, 천자는 하늘이 내리는 것이지 평범한 사람들이 감히 오를 수 있는 자리가 아니었다. 하지만 재상이란 황제의 바로 아래에서 백성들을 굽어 살피는 '일인지하, 만인지상'의 자리였고, 보통 사람들이 성공해서 오를 수 있는 최고 경지였다. 그런 재상도 일부러 어리석어 보일 때가 있는데 보통 사람들이야 오죽하겠는가? 이 세상은 너무도 복잡다단해 그 어느 것 하나 변하지 않는 것이 없으며, 생각하는 것처럼 구별이 명확하지도 않다. 그러므로 '어수룩함' 속에서 인생의 지혜와 철학을 찾아야 한다.

'어수룩함'이란 본래 인생을 사는 지혜이며 지식과 감정, 의지가 결합된 것이다. 지식이라 함은 사람의 인식에는 한계가 있기 때문에 자신의 지혜를 너무 자랑해서는 안 된다는 사실을 알아야 한다는 의미다. 옛말에도 큰 지혜는 어리석어 보이는 것이라고 했다. 감정이라 함은 가난해도 만족하고 본분을 지키며 헛된 욕심을 부리지 않는 것이다. 의지라 함은 남에게 관대하고 자신에게는 엄격하며 규율을 잘 지키는 것이다.

••• 너무 똑똑한 척 하는 것은 그리 좋은 방법이 아니다. 신중하고 겸손하게 행동하는 것이 가장 좋은 방법이다. 너무 잔꾀를 부리다보면 오히려 스스로 일을 그르치고 모순에 빠져 난처해질 수 있다. 똑똑함은 좋은 일이지만, 똑똑함을 자랑하는 것은 결코 좋은 일이 아니다.

욕심을 부리지 말고 적당한 정도에서 그쳐라

한 어린 아이가 있었는데 모두들 그 아이를 바보라 불렀다. 그 이유는 누군가가 50전 짜리와 1원짜리 동전을 같이 내밀면, 그 아이는 항상 50전 짜리를 집고 1원은 마다했기 때문이었다. 어떤 사람이 믿을 수가 없어 1원 짜리와 50전 짜리 동전을 하나씩 꺼내어 그 아이에게 마음대로 하나를 가지라고 했다. 그러자 그 아이는 진짜로 50전 짜리 동전을 집었다. 이상하다고 여긴 그는 그 아이에게 물었다.

"50전이 1원보다 적은 돈이라는 걸 모르니?"

아이는 작은 소리로 말했다.

"물론 알죠. 하지만 내가 1원 짜리를 집는다면 사람들은 더 이상 나와 이런 놀이를 하지 않을 거 아니에요."

그랬다. 만약 그 아이가 1원 짜리를 집었다면 더 이상 아무도 그 아이와 그런 놀이를 하지 않았을 것이고, 그렇게 되면 그 아이가 얻을 수 있는 것은 1원에 불과 했을 것이다. 하지만 아이는 50전 짜리를 골라 스스로 바보인 척 했다. 바보 역할을 하면 할수록 점점 더 많은 돈을 얻을 수 있다는 것을 스스로 깨달은 것이다.

1원을 마다하고 50전을 취하는 '바보소년' 의 지혜를 우리의 삶에서도 깨달아야 한다.

. . .

사람들은 끝없는 탐욕에 사로잡혀 살아간다. 당신의 탐욕은 다른 사람을 해칠 뿐 아니라 스스로를 고립시킨다는 것을 깨달아야 한다. 어쩌면 당신의 행동을 너그럽게 이해하고 대수롭지 않게 여겨주는 사람들도 있을 수 있다. 하지만 당신이 적당한 정도에서 그칠 줄 안다면, 그들은 당신에 대해 더 좋은 평가를 할 것이고 당신과의 관계가 지속되기를 바랄 것이다.

'인간관계든 장사든 단번에 큰 이익을 남기는 게 최고야!'

유감스럽게도 오늘날 이런 일들을 흔히 접할 수 있다.

만약 이런 생각을 영리함이라고 착각하고 있는 이가 있다면 이는 스스로가 자신의 미래를 막는 어리석은 사람이다. '바보스러운 영리함' 보다는 위의 아이와 같이 '영리한 바보스러움' 을 갖기 위해 노력하라. 이것은 당신이 더 많은 보답을 얻을 수 있는 길이기 때문이다.

10개의 50전 짜리를 얻을 것인지 아니면 1원짜리 단 1개를 얻을 것인지는 당신 스스로 결정하는 것이다.

탐욕은 사람들로 하여금 영원히 만족되지 않는 향락을 추구하도록 끊임없이 유혹한다. 그리고 삶의 방향을 잃게 만든다. 모든 일을 적당한 선에서 그쳐야만 목표한 인생의 바른 길을 잃지 않고 나아갈 수 있다.

· · ·

몇 사람이 강기슭에서 낚싯대를 드리우고 있었고, 그 곁에서는 몇 명의 여행객이 강을 감상하고 있었다. 문득 보니 한 낚시꾼이 큰 물고기 한 마리 낚았는데 그 길이가 족히 한 자는 넘어 보였다.

그런데 낚시꾼은 입에 걸린 낚시 바늘을 풀더니 물고기를 강에 놓아주었다. 구경꾼들은 깜짝 놀라 웅성거렸다. 저렇게 큰 물고기에 만족하지 않는 것을 보니 저 낚시꾼은 분명 배포가 아주 큰 사람일거라고 수군거렸다.

사람들이 숨을 죽이고 지켜보고 있는 가운데 그 낚시꾼은 또 한 번 낚싯대를 휘둘렀고 이번에 낚인 것 또한 한척이 넘는 큰 물고기였다. 낚시꾼은 이번에도 슬쩍 보더니 그 물고기를 놓아주었다.

세 번째로 낚시꾼의 낚싯대가 휘어졌다. 그런데 이번에는 겨우 몇 치에 불과한 작은 물고기가 걸려 올라왔다. 사람들은 이 물고기도 놓아줄 것이라고 짐작했지만 뜻밖에도 낚시꾼은 그 물고기를 조심스럽게 어망 속에 넣었다. 사람들은 도저히 이해가 되지 않아 낚시꾼에게 물었다.

"왜 큰 것을 버리고 작은 것을 갖는 것이오?"

그러자 낚시꾼이 대답하기를 "우리 집에 있는 가장 큰 쟁반이 1자도 안 되어 너무 큰 물고기를 잡아가면 쟁반에 담을 수가 없소."

오늘날 낚시꾼처럼 큰 것을 버리고 작은 것을 취하는 사람들이 점점 줄어들고 있다.

'욕심은 사람을 오래 살지 못하게 하며 많은 재난을 불러온다'는 속담이 있다. 넓은 아량과 좋은 품성을 가져야만 건강하게 장수한다는 뜻이다. 작은 이익에 집착하다 보면 결국에는 더 큰 것을 잃는 법이다.

. . .

프랑스인들이 모스크바에서 철수한 후, 어떤 농부와 상인이 길에서 타다 남은 수레를 발견했다. 그 수레에는 양모가 잔뜩 실려 있었다. 둘은 양모를 각자 반반씩 나누어 등에 짊어졌다.

조금 더 가다보니 이번에는 옷감이 버려져있었다. 농부는 지고 있던 무거운 양모를 버리고 보다 가벼운 옷감을 짊어졌다. 하지만 욕심 많은 상인은 농부가 버린 양모와 나머지 옷감을 모두 짊어졌다. 다시 길을 떠났지만 그는 무거운 짐 때문에 가쁜 숨을 몰아쉬었고 걸음도 느려졌다.

또 얼마 가지 않아 그들 앞에는 은식기들이 떨어져있었다. 농부는 가지고 있던 옷감을 모두 버리고 은식기들을 주워 짊어졌다. 그러나 상인은 이미 가지고 있던 양모와 옷감 때문에 더 이상 짊어지지 못하고 은식기를 포기했다.

얼마나 더 갔을까 갑자기 비가 쏟아지기 시작했다. 굶주림과 추위에 지친 상인은 짊어진 양모와 옷감이 비에 흠뻑 젖어 비틀거리며 걷다가 결국 진창 속에 엎어졌다. 하지만 농부는 아무 탈 없이 집으로 돌아와 가지고 온 은식기들을 팔아 넉넉한 생활을 꾸릴 수 있었다.

인생을 살아가면서 만나게 되는 수많은 유혹을 모두 얻고자 한다면 당신은 지쳐 죽을 수도 있다. 놓아주어야 할 것은 마땅히 포기해야만 행복한 일생이 된다.

탐욕스러운 사람은 늘 사물의 겉모습에 현혹되어 스스로의 함정에서 벗어나지 못한다. 시간이 흐르고 나면 자신의 잘못을 깨닫고 후회한다 해도 이미 소용이 없다!

· · ·

한번은 어떤 사냥꾼이 일곱 가지 말을 할 수 있는 새 한 마리를 잡았다.

"나를 놓아주면 당신에게 세 가지 충고를 말해 줄게요." 새가 말했다.

"먼저 말해봐. 그러면 너를 놓아주겠다고 약속할게." 사냥꾼이 대답했다.

"좋아요. 첫 번째 충고는 일을 저지른 후에 후회하지 말라는 것이에요." 새가 말했다.

"두 번째는 누군가 당신에게 어떠한 말을 해도 당신이 판단하기에 불가능한 것이라고 생각된다면 믿지 말라는 것이고, 세 번째는 올라가지 못 할 것에는 애써 올라가지 말라는 거예요."

그런 뒤 새는 사냥꾼에게 말했다.

"이제 저를 놓아주세요."

사냥꾼은 약속한대로 새를 놓아주었다.

새는 근처의 커다란 나무위로 날아가 앉은 뒤 사냥꾼에게 큰 소리로 말했다. "당신은 정말 어리석군요. 당신은 내 입속에 아주 커다란 진주가 있다는 것조차도 몰랐어요. 이 진주는 내가 이렇게 영리할 수 있게 해주는 것이에요."

사냥꾼은 날아가 버린 새를 다시 잡고 싶었다. 그는 나무를 오르기 시작했다. 그러나 반쯤 기어 올라가다가 밑으로 떨어져서 그만 다리가 부러져버렸다.

새는 비웃으며 사냥꾼에게 말했다.

"당신은 정말 바보군요! 방금 내가 알려준 충고를 모두 잊어버렸군요. 어떤 일을 했으면 후회하지 말라고 알려줬는데 당신은 나를 놓아준 것을 후회하는군요. 당신이 판단하기에 불가능하다면 믿지 말라고 했는데, 당신은 나처럼 이렇게 작은 새의 입에 커다란 진주가 있다는 말을 믿었어요. 나는 당신에게 올라가지 못할 것 같으면 억지로 올라가지 말라고 알려줬는데도 이 커다란 나무를 오르려고 했고, 결국은 나무 아래로 떨어져 두 다리가 부러졌군요. '지혜로운 사람은 한 번의 훈계를 어리석은 사람에게 백번 채찍질을 하는 것보다 더 깊이 마음속에 새긴다'는 속담이 있죠. 이 속담의 어리석은 사람이 바로 당신이군요."

새는 말이 떨어지기가 무섭게 날아가 버렸다.

사람들은 종종 탐욕 때문에 어리석은 짓을 저지른다. 어떠한 상황에서도 자기의 주관과 시비를 구별할 수 있는 능력을 키워야 하고 거짓된 현상에 현혹되지 말아야한다.

••• 탐욕은 일종의 고집이라서 사람들은 그것의 노예가 되어 점점 더 탐욕스럽게 변하기 쉽다. 사람의 욕망에는 끝이 없어서 이미 많은 것을 얻고도 더 많은 것을 얻으려 애를 쓰곤 한다. 끝없이 이익만을 좇으며 만족하지 못하는 것은 스스로를 우롱하는 것이다. 탐욕은 모든 죄악과 불행의 근원이며 사람들의 이성을 잃게 만들어 우매한 행동을 하게 만든다. 탐욕은 사람의 모든 것, 심지어 자신의 인격조차도 망각하게 만든다. 적당한 정도에서 그치는 생활을 실천해 보라. 만족할 줄 아는 사람은 항상 즐겁다.

세상에 일하지 않고 얻을 수 있는 것은 없다

옛날에 백성을 자식처럼 사랑하는 한 임금이 있었다. 임금의 어진 통치로 모든 백성들은 굶주리지 않고 항상 평안하게 살아갈 수 있었다. 어느 날 임금은 자신이 죽고 난 후에도 모든 백성들이 행복하게 살 수 있을까가 걱정되었다. 고심 끝에 그는 나라 안의 식견 있는 학자들을 모두 불러 모아 백성들이 영원히 행복하게 살 수 있는 방법을 찾아오라고 명했다.

한 달 후, 학자들은 아주 두꺼운 책자 세권을 임금에게 올리며 말했다.

"폐하, 세상의 지식은 이 세권의 책 안에 모두 들어있습니다. 백성들에게 이것을 읽게 한다면 분명 그들은 근심 없이 평안하게 살아갈 수 있을 것입니다."

하지만 임금의 생각은 달랐다. 백성들에겐 그 두꺼운 책을 읽을 여유가 없다고 여겼기 때문이다.

임금은 다시 학자들에게 계속 연구하라고 명했다. 학자들은 두 달 동안 그 세권의 책을 한권으로 요약했다. 하지만 임금은 여전히 만족스럽지 않았다.

한 달 후, 학자들은 종이 한 장을 임금에게 올렸다. 임금이 이것을 보고 매우 만족해서 말했다.

"좋다. 나의 백성들이 이 귀중한 지혜를 따른다면 반드시 부유하고 행복한 삶을 살 수 있을 것이라 믿는다."

임금은 말을 마친 뒤 곧 학자들에게 큰 상을 내렸다. 이 종이 위에는 단지 한 구절만이 적혀 있었다.

'세상에 일하지 않고 얻을 수 있는 것은 아무것도 없다.'

많은 사람들이 빠른 출세를 바라지만, 어떤 일이든 성실히 노력해야만 성공할 수 있다는 것은 망각하곤 한다.

• • •

여전히 요행만을 바라는 마음을 가지고 있다면 당신은 어떤 일에도 전력투구하기 힘들 것이다. 복권에 당첨되리라는 망상이나 도박판에서 시간을 보내려는 헛된 생각은 하지 마라. 하루아침에 벼락부자가 되겠다는 망상은 성실하게 노력하려는 마음을 짓밟아버린다.

어떤 사람이 서빈 강가를 산책하다가 황금을 발견했다는 소문이 돌았다. 그 후 이곳에는 여기저기서 금을 캐려는 사람들이 몰려들었다. 그들은 모두 부자가 되고 싶어 했다.

그들은 강바닥을 샅샅이 뒤졌고, 강가에는 커다란 구덩이들이 수없이 생겨났다. 몇몇 사람이 조그마한 금조각을 찾아내기도 했지만 대부분의 사람들은 아무런 소득도 없이 포기하고 돌아갈 수밖에 없었다. 그러나 그 중 몇몇은 끝까지 포기하지 않고 계속 금을 찾았다.

피터도 그 중의 한 사람이었다. 그는 강 부근에 아무도 원하지 않는 땅을 사서 혼자 묵묵히 일만 했다. 그는 금을 찾기 위해 전재산을 그 땅에 투자했다. 그는 땅이 전부 움푹 파일 때까지 억척스레 일에 몰두했다. 모든 땅을 뒤엎었지만 금 한 조각조차도 찾아내지 못하자 그는 매우 낙심했다.

여섯 달 후, 그에게는 이제 빵을 살 돈 조차도 남지 않았다. 결국 그는 그곳을 떠나 다른 곳으로 살 길을 찾아 떠날 준비를 했다.

떠나기 얼마 전의 어느 날 밤, 온 세상에 비가 퍼붓기 시작해 삼일 밤낮을 내렸다. 마침내 비가 멈춰 작은 통나무집에서 나온 피터는 눈앞에 보이는 땅이 전과 달라 보였다. 움푹 파였던 곳은 빗물에 씻겨 평평하게 되어 있었고, 부드럽고 푹신한 땅위에선 푸르른 작은 풀들이 자라나고 있었다.

"여기서 금은 찾지 못했지만…."

피터는 문득 깨달은 듯 말했다.

"이 땅은 매우 비옥해서 꽃을 심는데 이용할 수 있겠어. 그러면 마을 시장에 가지고 나가 부자들에게 팔 수 있을 거야. 그들은 정원을 꾸미기 위해 꽃들을 사갈 것이 분명해. 그렇게 된다면 많은 돈을 벌 수 있을 것이고, 언젠가는 나도 부자가 될 수 있을 거야."

피터는 마치 미래가 눈앞에 펼쳐져 보이는 듯 달콤한 생각에 젖어 들었다.

"그래! 가지 않을 거야. 나는 이곳에 꽃을 심을 거야!"

그렇게 그는 그곳에 남게 되었다. 피터는 열심히 꽃을 키웠고, 오래지않아 밭에는 아름다운 각양각색의 꽃들이 가득 피어났다. 그는 그 꽃을 시장에 가지고 나가 팔았다. 부자들은 한 결 같이 칭찬했다.

"이것 봐요. 정말 아름다운 꽃이군요. 이제껏 이렇게 예쁜 꽃은 본 적이 없어요."

그들은 집을 더욱 멋지게 꾸미기 위해 기꺼이 피터의 꽃을 사갔다. 5년 뒤, 피터는 마침내 부자가 되려는 그의 꿈을 실현했다.

부지런히 일해야만 진정한 '금'을 모을 수 있다. '노력'은 '환상'보다 꿈을 이루기 위한 훨씬 더 빠른 길이다. 나태는 행복이고 근로는 징벌이라 여기는 생각은 당신의 꿈을 멀리 달아나게 만든다.

하루 종일 아무 일도 하지 않고 먹고 노는 사람들이 부러운가? 그들에게 다음과 같이 충고해라.

'행복한 삶을 위한 필수 조건은 열심히 일하는 것이다. 일하지 않고 행복을 얻을 수는 없다.'

행복의 첫 번째 조건은 바로 노동이다. 일한다는 자체만으로도 우리에게 즐거움과 만족을 가져다주기에 충분하다.

••• 성과가 크면 고생도 만족으로 바뀔 수 있다. 성과는 불쾌한 지난 일을 망각하게 할 수 있고, 미래에 대해 충만한 확신을 가지게 할 수도 있다. 실패 또한 그 경험에서 귀중한 교훈을 얻을 수 있다. 이것 또한 노동에서 오는 일종의 성과이다. 대가 없이 얻을 수 있는 것은 없다고 말할 만하다. 세상에 일하지 않고 얻을 수 있는 것은 없다는 것을 명심하라.

일희일비 하지 말라

　미국에서 공부하고 있는 한 중국인 유학생이 있었다. 그는 외지고 작은 시골 마을에서 태어났지만, 중학교 성적이 우수해 도시에 있는 고등학교에 입학할 수 있었다. 그런데 도시에 있는 고등학교에서는 중학교 때처럼 전교 1등을 할 수 없게 되자 그는 고민에 빠졌다. 그런데 가만히 보니 성적이 좋은 아이들은 하나같이 비싼 육각연필을 가지고 있는 것이었다. 하지만 집안사정이 넉넉지 못한 그에게 육각연필은 감히 넘볼 수 없이 비싼 것이었다. 그때부터 그는 세상이 불공평한 것이라는 생각을 갖게 되었다. 그 후, 피나는 노력으로 공부한 결과 그는 당당히 수석으로 고등학교를 졸업할 수 있었다. 하지만 여전히 세상이 불공평하다는 생각을 떨쳐버릴 수 없었다. 왜 유독 자신만이 육각연필을 가질 수 없는지 이해할 수 없었다.

　고등학교를 졸업한 후, 그는 베이징에 있는 명문대학에 입학했다. 하지만 기쁜 마음도 잠시, 전국에서 내로라하는 쟁쟁한 수재들이 모인 학교였기에 그의 성적은 중위권에도 미치지 못했다. 게다가 도시 출신의 친구들은 늘 좋은 펜을 쓰고 아침에는 빵과 우유를 먹고 저녁식사 후에는 향기로운 차를 마시며 여유롭게 생활하는 반면, 그의 저녁식사는 허름한 기숙사 한 귀퉁이에서 아침에 먹다가 아껴둔 삶은 계란 하나를 먹는 것이 고작이었다. 차갑게 식은 계란을 먹으며 그는 늘 '공평함'이란 무엇일까에 대해 고민했다.

5년 후, 그는 어렵사리 미국 유학길에 오를 수 있었다. 하늘을 찌를 듯이 솟은 마천루와 휘황찬란한 네온사인들, 난생 처음 보는 광경에 지금까지 그가 마음속에 품어왔던 질투와 자괴감, 원한이 일순간에 눈 녹듯이 사라졌다. 이것은 세상이 변한 것이 아니라 세상을 판단하는 그의 비교기준이 바뀐 것뿐이었다. 그의 비교대상은 이제 학교친구나 동료, 이웃이 아니라 이 세상 전체가 된 것이었다.

어떤 이들이 달팽이 껍데기 속에서 아옹다옹 다툴 때, 세상 저편에 있는 다른 이들은 우주를 여행하고 있다. 우물 안 개구리들끼리는 아무리 싸워도 결국에는 외부 세계와 단절되어 답보 상태에 빠질 뿐이지만, 세상을 대하는 시각을 바꾸면 완전히 새로운 세상을 발견할 수도 있다.

이 세상에서 가장 중요한 일은 스스로를 비하하지 않는 것이다. 남들이 이러쿵저러쿵 떠드는 말은 언급할 가치도 없는 하찮은 일이다.

일상생활은 물론 일에 있어서도 마찬가지다. 열심히 일하면 돈은 저절로 따라오는 것이다. 하지만 우리는 삶에서 좌절을 경험하거나 순탄치 못한 상황이 오면 너무도 쉽게 자괴감에 빠져버린다.

. . .

왕량(王亮)은 회사에서 영업부 이사로 재직하고 있었다. 그런데 어느 날 갑자기 인사부에서 그에게 전화를 걸어 그가 자재부 이사로 옮겨가게 되었다고 통보하는 것이었다. 회사에서 차지하는 지위로 따지자면 자재부는 영업부보다 훨씬 못 미쳤기 때문에 영업부 이사에서 자재부 이사로의 발령은 사실상 좌천이나 다름없었고, 그 다음은 어떻게 될지 장담할 수 없었다. 게다가 매일 외근을 하는 영업부의 업무가 그의 적성에 잘 맞았었는데, 이제 하루 종일 답답한 사무실에 틀어박혀 원자재를 분류하고 재고와 씨름해야 한다니 정말 일주일도 버틸 수 없을 것 같았다.

자재부로 출근하던 첫 날, 왕량의 얼굴에는 수심이 가득했다. 그런데 그렇게 며칠이 지나자 그의 뇌리에 한 가지 떠오르는 생각이 있었다.

'왜 예전처럼 자신만만하지 못하는 것일까? 자재부 이사가 되었다고 해서 내가 할 일이 없어진 건 아니잖아?'

그는 곰곰이 생각한 끝에 그 의문의 해답을 찾았다.

'이건 부서를 옮겼다는 이유만으로 나 자신에 대한 기대치가 떨어지고, 그로 인해 새롭게 전진하고자 하는 의욕을 잃어버렸기 때문이야.'

그 때부터 그는 마음을 다잡고 새로 맡은 일을 충실히 수행하기 시작했다. 다행히 자재부에서도 그의 재능을 발휘할 수 있는 분야를 발견할 수 있었다. 알고 보니 자재부는 회사에서 매우 중요한 역할을 하는 부서였지만 그때까지는 사람들이 그것을 인식하지 못하고 있었던 것 뿐이었다. 다시금 열심히 일해야 하는 동기를 발견한 왕량은 소극적인 태도를 버리고 자신 있게 일하기 시작했다. 곁에 있는 동료와 부하직원들도 그의 의욕적인 모습에 자극을 받아 더욱 열심히 일했다.

그의 이런 활약으로 자재부는 높은 실적을 인정받아 그해 연말에 거액의 보너스를 받게 되었다. 그리고 얼마 후 인사부에서 한 통의 전화가 걸려왔다. 그를 부사장으로 임명한다는 내용이었다.

이 이야기는 우리에게 소극적이고 침울한 생각을 버리고, 환경에 적응하고 또 환경을 변화시키고자 하는 적극적인 태도로 인생을 살아야 한다는 평범한 진리를 보여준다.

살다보면 자신의 바람과는 반대로 번듯하지도 않고 중요하지도 않은 일이 주어지는 경우가 있다. 대부분의 경우 이런 상황을 받아들이고 그 일을 할 수밖에 없다. 이럴 때 대충 적응하면 그만이라는 생각보다는 자신의 재능을 발휘해 업무수준을 한 단계 격상시켜보겠다는 마음으로 일하는 편이 자신에게 훨씬 더 도움이 된다. 신발에 발을 끼워 맞추는 우를 범하지 말자.

조화를 이루는 것은 결코 쉬운 일이 아니지만 사람이든 사물이든 호의적인 마음으로 대하다보면 생활과 일이 모두 조화를 이루게 된다. 그리고 우리에게는 어렵게 일궈놓은 조화로운 삶을 더욱 소중히 여겨야할 의무가 있다.

• • •

옛날 중국 전국시대의 변방에 한 노인이 살고 있었다. 하루는 노인의 집에서 기르던 말 한 마리가 집을 뛰쳐나가더니 돌아오지 않는 것이었다. 변방에서 말은 짐을 실어 나르거나 교통수단으로서 없어서는 안 될 중요한 동물이었다. 이웃들이 노인을 위로하자 노인은 태연하게 말했다.

"혹시 이 일로 더 좋은 일이 생길 지도 모르지."

얼마 후, 노인의 말대로 집을 나갔던 말이 늠름한 준마를 데리고 다시 나타났다. 잃어버렸던 말도 찾고 덤으로 훌륭한 말까지 얻었으니 그야말로 겹경사였다. 이웃들이 찾아와 축하하자 노인이 말했다.

"이 일로 인해 안 좋은 일을 겪게 될지 누가 알겠나."

몇 개월 후, 노인의 아들이 준마를 타다가 떨어져 다리가 부러지고 말았다. 이웃들은 앞날을 내다보는 노인의 혜안에 탄복하며 찾아와 위로했다. 하지만 이번에도 노인은 태연히 말했다.

"이게 복이 될 수도 있지 않은가?"

과연 그로부터 반 년 후, 북방에서 외적이 침입해 장정들이 모두 전쟁터에 끌려 나가 열의 아홉은 돌아오지 못했지만 노인의 아들은 다리가 부러져 전쟁터에 나가지 않았기 때문에 목숨을 부지할 수 있었다.

이것은 이미 잘 알려진 새옹지마(塞翁之馬)라는 고사성어에 얽힌 이야기다. 노인이 한 가지 일에 일희일비 하지 않고 평정심을 유지할 수 있었던 것은 장기적인 안목으로 보면 득이든 실이든 모두 중요하다는 사실을 알고 있었기 때문이다. 생활의 지혜는 이런 평정심에서 나오며 관용 역시 여기에서 나온다.

세상에는 가도 가도 끝이 없는 길이 있고, 한번 건너면 돌아올 수 없는 강도 있다.

돌아올 수 없는 강을 건넜다가 다시 돌아오는 것도 지혜지만, 진정한 지혜는 작은 좌절 때문에 의기소침해져서 인생의 커다란 목표에 지장을 초래하지 않는 것이다.

••• 예로부터 한 가지 일에 일희일비 하지 않고 올곧게 자신의 신념을 지킨 사람이 성공을 거머쥐곤 했다.

레몬이 있다면, 레몬주스를 만들어라

언젠가 시카고 대학 교장인 로브 메논 로저스가 어떻게 즐거움을 얻을 수 있는가에 대해 얘기할 때였다.

"저는 항상 작은 충고를 중요하게 생각합니다. 이건 시어스 사의 이사장이었던 줄리우스 로스왈드가 저에게 알려준 것이죠. 그는 제게 '레몬이 있다면 레몬주스를 만들어' 라고 당부했습니다."

그런데 어리석은 사람들은 이와 정반대로 한다. 어리석은 사람들은 삶이 자신에게 준 것이 레몬밖에 없다는 사실에 절망하고, "나는 실패했어. 이것이 나의 운명이야. 내겐 아주 작은 기회조차도 없을 거야."라며 세상을 저주하며 스스로를 동정하곤 한다. 하지만 지혜로운 사람들은 이렇게 말한다.

"이 불행에서 나는 무엇을 배울 수 있을까? 내가 어떻게 해야 이 상황이 개선 될 수 있을까? 이 레몬을 레몬주스로 만들 수는 없을까?"

위대한 심리학자 알프레드 안드레는 인간의 가장 신비한 특성 중의 하나로 '부정적인 것을 긍정적인 것으로 바꾸는 힘'이라고 했다.

어느 한 농부가 농장을 샀는데 그는 크게 낙담하고 말았다. 그가 산 땅에는 과일을 심을 수도 돼지를 키울 수도 없었기 때문이다. 그 땅에서 생존할 수 있는 것은 오로지 백양목과 방울뱀뿐이었다. 고심 끝에 그 농부는 방울뱀을 이용하는 한 가지 좋은 생각을 떠올렸다. 그의 아이디어는 누구도 예상하지 못한 것이었다. 바로 방울뱀 통조림이었다. 사람들은 호기심에 너도나도 통조림을 사겠다고 몰려왔고, 그의 사업은 크게 성공했다.

현재 이 마을은 독이 있는 레몬을 달콤한 레몬주스로 만든 이 농부를 기념하기 위해서 '방울뱀 마을'이란 이름으로 바뀌었다.

· · ·

해리 에머슨 포스딕은 "대부분의 즐거움은 결코 향락이 아니라 승리에서 나온다."라고 강조한다. 그렇다. 승리는 성취감에서 오는 것이고, 자신감 역시 우리가 레몬을 레몬주스로 바꿀 수 있다는 데서 온다. 성공한 사람들을 연구하면 할수록 우리는 그들이 전진하는데 장애가 되는 결점들을 극복하기 위하여 더욱 노력함으로써 성공에 이르게 되었다는 사실을 발견하게 된다. 장애인들이 종종 "나의 장애가 뜻밖으로 제겐 큰 도움이 되었어요."라고 말하는 것도 이런 이유이다.

그렇다. 어쩌면 밀튼은 눈이 멀었기 때문에 세계를 깜짝 놀라게 한 시를 쓸 수 있었고, 베토벤은 청력을 잃었기 때문에 후세에 길이 남을 곡들을 작곡할 수 있었는지도 모른다.

"내게 이런 장애가 없었다면 아마도 나는 이미 이루어낸 많은 일들을 하지 못했을 것입니다."

다윈도 솔직하게 그의 장애가 도움이 되었다고 시인했다.

한번은 유명한 바이올리니스트 올리에가 파리에서 음악회를 열고 있었는데 연주도중 갑자기 그의 바이올린의 A현이 끊어졌다. 사람들을 깜짝 놀라게 만든 것은 올리에가 다른 세 개의 현을 가지고 그 곡의 연주를 마쳤다는 것이다.

"이것이 바로 삶입니다. 만약 당신의 A현이 끊어졌다면, 다른 세 현을 가지고 곡을 완성하십시오."

해리 에머슨 포스딕의 말이다. 이것은 삶일 뿐 아니라 삶보다도 더 귀중한, 바로 삶에서의 승리인 것이다. 운명이 우리에게 레몬을 건네주면 그걸로 레몬주스를 만들어 보도록 하자.

••• 부정적인 생각을 버리고 긍정적으로 생각한다면 이미 지나가 버린 일에 대한 쓸데없는 걱정을 떨쳐버릴 수 있으며 생각지도 못했던 수확을 가져다 준다.

모욕

살다보면 뜻대로 되지 않는 일이 수도 없이 많지만 잠깐만 참아 넘기면 긴 평화를 맛볼 수 있다. 당신이 자신에게 주어진 사명만 잊지 않는다면 그 어떤 것도 당신을 흐트러뜨릴 수 없다. 다른 사람의 비웃음을 참아내는 것은 일종의 아량이자 인내이다.

수단선사(守端禪師)의 사부가 하루는 당나귀를 타고 다리를 지나다가 당나귀가 다리 위에서 넘어지는 바람에 당나귀의 등에서 떨어지고 말았다. 사부는 그때 홀연 깨닫는 바가 있어 시 한 수를 읊었다.

'내게 진주 한 알이 있는데, 오랫동안 먼지 속에 묻혀 있었다. 그러나 지금은 먼지를 털어내고 세상 모든 만물을 비추는 구나.'

수단선사는 이 시에 큰 감명을 받고 모두 외워버렸다. 그러던 어느 날, 방회선사(方會禪師)가 그를 찾아왔다.

방회가 그에게 물었다.

"자네의 사부께서 다리를 지나다가 당나귀의 등에서 떨어져 홀연 깨달음을 얻으셨다고 들었네. 아주 기묘한 시를 한 수 읊으셨다고 하던데 혹시 기억하고 있나?"

수단은 조금의 주저함도 없이 그 시를 완벽하게 외웠다. 그런데 그가 시를 다 읊자 방회는 한바탕 크게 웃더니 일어나 가버렸다. 수단은 영문을 몰라 의아해했다. 이튿날 이른 아침, 그는 서둘러 방회를 찾아가 어제 웃은 이유를 물었다.

방회가 말했다.

"자네는 어제 악마를 쫓는 공연을 하던 어릿광대를 보았는가?"

"네, 봤습니다."

"자네는 그들만도 못한 사람일세."

수단이 놀라 물었다. "아니, 그게 무슨 뜻입니까?"

방회가 대답했다.

"그들은 사람들이 자신들을 보고 웃는 것을 좋아하지만, 자네는 그걸 두려워하지 않는가! 나는 그냥 한번 크게 웃은 것뿐일세."

수단은 그 말을 듣고 큰 깨달음을 얻었다.

• • •

잠깐의 비웃음을 참지 못한다면 당신은 앞으로 사람들에게 더 많은 트집과 공격을 당할 수도 있다. 인생을 살아가며 한 순간의 고통을 참지 못한다면 그 고통은 아주 오랫동안 지속될 수도 있다.

인생의 갖가지 상황들은 모두 우리가 배운 것들이다. 지금은 아무리 역경에 처해있다고 하더라도 좋은 상황이 오지 말란 법은 없다. 사람들이 어떤 마음가짐으로 자신이 처한 상황에 대처하고 있는지를 알기 위해서는 그가 얼마나 모욕을 잘 견뎌내는지를 보면 된다. 감옥에서 10~20년 동안 갇혀 있던 죄수들의 대부분은 가슴 가득히 원망을 품고 감옥을 나선다고 한다. 그래서 감옥을 나선 후에는 이전보다 더 흉악해져서 훨씬 중한 범죄를 저지르곤 한다.

불경에서 말하는 '치욕을 참다'에는 아주 많은 뜻이 내포되어 있다. 좌절과 고통은 물론, 성공과 즐거움 또한 참을 줄 알아야 한다. 역경이 와도 받아들이고 반대로 좋은 상황에 처하면 자제할 줄 알아야 한다. 여기서 말하는 '받아들이다'의 의미는 수동적인 수락이 아니라 적극적인 태도로 그 상황을 뛰어넘어 자신이 성장할 기회로 만드는 것을 뜻한다. 사람들은 억울한 일을 당하면 분노로 마음이 요동친다. 그 분노와 원망은 쉽사리 사라지지 않고 고통으로 바뀌어 그림자처럼 따라다닌다. 하지만 그러한 분노와 원망을 당신의 심성과 성품을 다스릴 기회로 받아들인다면, 오히려 좌절을 안겨준 그 사람을 당신의 스승으로 삼을 수 있을 것이다. 당신을 단련시키고 한 단계 올라 설 기회를 준 그에게 감사하며 마음속의 원망을 없애면 고통도 함께 사라질 것이다.

정신지체 아동을 자녀로 둔 학부모들은 말한다. 긴 세월동안 아이들의 고통과 고난을 보살피게 되니 자신들의 마음 또한 열리게 되었음을 서서히 깨달았다고 말이다. 그들은 이제 시련을 받아들이고 기꺼이 고통을 견딜 수 있기에 누군가가 그들의 상황을 보고 동정하더라도 웃으며 넘길 수 있다. 역경과 치욕을 참아내며 비틀거릴지라도 조금씩 앞으로 나아가야 한다는 이 이치는 인생의 아주 평범한 진리이다. 하지만 모든 일이 순조로운 순간에도 참을 줄 알아야 한다는 말은 아마 쉽게 수긍하기 힘들 것이다.

· · ·

'봄바람에 의기양양하게 말을 몰고 나가, 하루 종일 장안의 아름다운 풍경을 다 보았노라.(과거에 급제하여 의기양양하게 말을 타고 하루 종일 장안을 돌며 구경한다는 뜻으로, 일이 잘 되어 자랑하는 것을 묘사한 시)'

사람들은 실의에 빠지면 스스로를 격려할 줄 안다. 하지만 작은 성공으로 봄바람에 의기양양해지면 방탕과 자만에 빠져 자신의 처지를 잊고 분별력이 사라지게 되어 재난을 자초하기도 한다. 순조로울 때에 미리 위험에 대비하고 성공과 즐거움도 참을 수 있어야 한다.

모욕은 사람에게 이상(理想)의 불을 끄는 얼음물이 될 수도 있고, 성공을 향한 결심을 채찍질하는 원동력이 될 수도 있다. 심리학자들은 인간에게 크게 세 가지의 정신적인 에너지원이 있다고 여긴다. 그것은 바로 창조의 원동력, 사랑의 원동력, 억압에 반발할 수 있는 원동력이다. 모욕을 당하는 것은 정신적인 억압으로 마치 채찍과도 같으며 당신의 용기를 북돋아 앞으로 나아갈 수 있도록 격려한다.

옛말에 '모욕을 당하며 배우는 것보다 빠르고 지속적인 인상을 남기는 것은 없다'고 했다. 모욕을 당하면 모든 것이 순조로운 상황에서는 깨달을 수 없는 것들을 경험할 수 있다. 모욕은 현실에 더 깊이 접근하여 사회를 이해할 수 있게 하며 사람들의 생각을 승화시켜 광활한 성공의 길을 열 수 있게 해준다.

모욕을 겪으며 배워나가는 것은 성공의 중요한 조건이다.

••• 모욕을 성공의 원동력으로 바꾸는 것은 쉬운 일이 아니다. 성공의 길은 이상을 높이 세워 정신을 가다듬고 과감히 행동할 때에만 접어들 수 있다. 모욕을 당해 화가 난다면 일어나 앞으로 나아가라.

파멸의 늪

　　말 두 마리가 각각 수레를 끌고 있었다. 그런데 앞에 있는 말은 잘 달리는데 뒤에 있는 말은 자꾸 멈춰서는 것이었다. 그러자 주인은 뒤편 수레에 있는 짐을 앞쪽 수레로 옮겨 실었다. 짐이 모두 앞쪽 수레로 옮겨지자 뒤에 있던 말은 가볍게 앞으로 치고 나오며 앞에서 무거운 수레를 힘겹게 끌고 있는 말에게 의기양양하게 말했다.

　　"힘들지? 열심히 해보라고! 네가 열심히 일할수록 사람들은 너에게 더 많은 일을 시킬 테니."

　　그런데 수레 파는 가게 앞을 지나게 되자 주인이 말했다.

　　"어차피 한 마리만 수레를 끈다면 말을 두 마리씩이나 기를 필요가 없지. 한 마리만 키우고 다른 한 마리는 죽여서 가죽을 얻는 게 낫겠어."

　　주인은 그 자리에서 수레 한 대를 팔아버리고 수레를 끌지 않는 말을 죽여 가죽을 내다 팔았다.

게으름은 스스로의 살을 내다 파는 파멸의 늪이다. 하루 종일 빈둥거리며 놀고먹는 사람은 땀의 결실인 수확의 기쁨을 알 수 없다.

일이란 인생에서 가장 중요한 것 중의 하나이다. 일하지 않고 게으름을 피운다면 인생의 커다란 낙을 잃은 셈이다.

어떤 마음가짐으로 하느냐는 일의 효율을 결정할 뿐 아니라, 그 자신의 인격에도 중요한 영향을 미친다. 일에 임하는 태도는 그 사람의 인격을 나타내며, 바로 그 사람의 의지이자 이상이다. 일하는 방식을 보면 그 사람을 알 수 있다.

어떠한 상황에서든 일하기를 싫어해서는 안 된다. 처한 환경 때문에 어쩔 수 없이 흥미도 없는 일을 해야 할지라도 그 안에서 즐거움과 의의를 찾으려고 노력해야 한다. 당연히 해야 하고 또 해야 할 필요가 있는 일이라면 반드시 나름대로의 의미가 있을 것이다. 문제는 어떤 마음가짐과 태도로 일을 대하느냐 하는 것이다. 생각을 바꾸면 그 어떤 일에서도 흥미와 의미를 찾을 수 있다.

고되고 힘들다는 이유로 서둘러 벗어나길 갈망한다면 그 일은 더욱 무미건조하게 느껴질 것이다.

좋아하는 일만 골라서 할 수 있는 사람은 없다. 현재의 일을 좋아하도록 노력하고 번뇌와 짜증을 떨쳐버린다면 자연히 일도 수월하게 느껴질 것이다. 사람들이 일에 염증을 느끼는 원인 중에는 업무가 너무 과중하고 무미건조하다는 것도 있지만, 스스로 업무를 수행할 능력이 없다는 것도 있다. 일을 해낼 능력이 없기 때문에 기분 좋게 일할 수 없는 것이다. 업무 실적이 좋아 남들에게 인정받으면 무미건조하게 느껴졌던 일에서도 즐거움을 찾을 수 있다.

일에는 근면함과 끈기가 필요하다. 재미있게 일하는 것도 하나의 지혜이다. 지혜로운 사람은 무미건조한 일 속에서도 즐거움을 발견한다. 즐거움을 발견하고나면 일은 더 이상 고역이 아니라 자신의 인생을 창조하는 예술이 된다. 이러한 태도는 남들에게 칭송받는 위대한 인물들의 공통점이기도 하다.

자신이 좋아하는 일을 찾았다면 우선 이 일을 하기 위해 필요한 능력을 갖춰야 하는데, 그런 능력을 갖추기 위한 유일한 방법은 바로 학습이다.

사람에겐 누구나 명예욕과 성공하고자 하는 야심이 있기 마련이다. 사회적으로 성공하기 위해서는 자신의 본분을 충실히 이행하는 것밖에는 다른 방법이 없다. 한 눈 팔지 않고 맡은 일에 최선을 다하고자 하는 신념이 필요하다.

상사가 옆에 없어도 열심히 일하는 사람이 높은 평가를 받는 건 당연하다. 남들이 보고 있을 때만 열심히 일하는 사람은 영원히 성공이라는 산의 정상에 오를 수 없다. 스스로에 대한 기대치가 자신에 대한 상사의 기대치보다 높다면 직장을 잃을까봐 걱정

할 필요는 전혀 없을 것이다. 마찬가지로 자신이 세운 최고의 목표를 달성할 수 있다면 승진은 시간문제일 뿐이다.

하루아침에 성공한 것처럼 보이는 사람들을 보라. 성공하기 전에 오랜 시간 동안 묵묵히 노력해온 그들의 진면목을 발견할 것이다. 어떤 성공이든 노력이 쌓여서 이루어지는 것이며, 어떤 분야에서든 최고의 자리에 오르기 위해서는 최선을 다하려는 신념과 노력이 필요하다.

성공이라는 계단의 정상에 오르고 싶다면 적극적이고 자발적으로 행동해야 한다. 도전심을 자극하지 않고 흥미를 느낄 수 없는 일이라도 적극적으로 노력한다면 결실을 거둘 수 있다.

성공한 사람들이 하루하루를 어영부영 보내는 사람들과 다른 점은 자신의 행동에 책임질 줄 안다는 것이다. 아무도 당신을 단번에 최고의 자리로 올려다주지는 않지만, 당신의 목표를 실현하는데 방해하는 사람도 없다.

••• 마음속에 게으른 말이 한 마리 잠자고 있다면 그 말을 당장 쫓아내 버려라. 그렇지 않으면 그 말에 이끌려 실패의 나락에 빠져버릴 것이다.

2장

낙관적인 사람은 절망 속에서도
여전히 희망이 가득하고,
비관적인 사람은 희망 속에서도
여전히 절망한다.

왼쪽 눈이 아프다고 오른쪽 눈까지 감아버리면
오른쪽 눈마저 공격을 당할 뿐이다

　　　　"이미 시도해봤지만 아쉽게도 실패하고 말았다고." 주변에서 흔히 들을 수 있는 말이다. 하지만 이것은 실패의 진정한 뜻을 모르는 사람들이 하는 말이다.

　평생 순탄한 삶을 사는 사람은 없으며 누구든 살면서 한두 번쯤은 좌절과 실패를 맛본다. 성공한 사람과 실패한 사람의 가장 큰 차이점은 실패자는 작은 실수에도 좌절하고 자신을 실패자로 생각하며 성공을 위해 매진하고자하는 용기가 꺾이지만, 성공한 사람은 결코 실패했다는 말을 입 밖에 내지 않고 좌절하려고 할 때마다 "난 실패하지 않았어, 단지 아직 성공하지 않은 것뿐이야."라고 자신을 다독인다는 것이다. 일시적으로 어려운 상황을 만회하기 위해 계속 노력한다면 오늘의 어려움은 진정한 실패가 아니다. 하지만 다시 일어나 싸울 용기를 잃어버린다면 그것은 완전히 패배한 것이다.

미국의 유명한 토크쇼 진행자인 샐리 제시 라파엘은 30년 동안 방송 일을 하면서 열여덟 번이나 해고를 당했다. 하지만 그녀는 결코 좌절하거나 이상을 포기하지 않았다. 처음 그녀가 방송 일을 시작했을 때, 거의 모든 방송국이 여성 진행자에 대해 회의적인 입장이어서 그녀를 원하는 방송국은 단 한 곳도 없었다. 여러 번의 낙방 끝에 그녀는 뉴욕의 한 라디오 방송국에 어렵사리 취직할 수 있었다. 하지만 얼마 안 가 곧 해고되었다. 그녀가 시대의 조류를 따라가지 못한다는 것이 그 이유였다. 하지만 샐리는 결코 의기소침해지지 않았다. 그녀는 실패의 경험을 교훈삼아 NBC 방송국에 프로그램에 관한 아이디어를 제안해 가까스로 취직할 수 있었다. 하지만 그녀에게 맡겨진 것은 시사정치 프로그램이었다.

'정치에 대해 아는 것도 없는 내가 과연 잘 할 수 있을까?'

그녀는 잠시 망설였다. 하지만 곧 자신감을 회복하고 대담하게 시도해보기로 마음먹었다. 그녀는 방송에 있어서는 이미 베테랑이었기 때문에 자신의 장점을 충분히 살리면서 시청자들이 쉽게 다가올 수 있도록 하는데 중점을 두었다. 첫 방송에서 그녀는 다가오는 7월 4일 독립기념일이 자신에게 어떤 의미가 있는지에 대해 허심탄회하게 이야기한 후, 시청자들이 전화를 걸어 자신의 느낌을 이야기하도록 했다. 이런 방식은 당시의 시청자들에게는 매우 신선하게 여겨졌고, 시청률이 급상승하면서 그녀는 일약 유명인사가 되었다. 현재 샐리는 직접 제작한 TV 프로그램을 진행하고 있으며, 가장 우수한 방송진행자에게 주는 상을 두 차례나 수상했다.

"난 무려 열여덟 번이나 해고당했다. 냉혹한 운명 앞에서 무릎을 꿇을 뻔한 적도 있었지만 모든 악운을 물리치고 용감히 전진했다."

. . .

미국의 유명 백화점인 메이시 백화점의 창업자 롤런드 메이시도 좋은 예이다. 1882년 보스턴에서 출생한 그는 젊은 시절 장사에 뛰어들어 바늘과 실 따위를 파는 작은 잡화점을 개업했다. 그런데 개업한지 얼마 되지도 않아 가게 문을 닫아야만 했다. 1년 후, 또 다른 잡화점을 열었지만 결과는 역시 마찬가지였다.

골드러시가 전 미국을 떠들썩하게 하자 메이시는 캘리포니아에 작은 식당을 열었다. 금을 캐기 위해 전국 각지에서 모여든 사람들에게 음식을 판다면 짭짤한 수입을 올릴 수 있을 것이라는 판단이었다. 하지만 그의 예상은 보기 좋게 빗나갔다. 그들 중 거의 대부분이 금은 구경도 하지 못했기 때문에 음식을 사먹을 만한 여력이 없었던 것이다. 결국 식당도 얼마 못 가 문을 닫아야했다.

메사추세스로 돌아온 메이시는 또 다시 야심만만하게 의류 사업에 뛰어들었지만 결과는 역시 참담했다. 이번에는 가게 문을 닫는데서 그치지 않고 아예 완전히 파산하고 말았다. 하지만 적자든 파산이든 메이시의 열정만은 꺾을 수 없었다. 그는 또 다시 뉴잉글랜드로 가서 의류 사업을 시작했다. 그리고는 기어이 성공을 거두고 말았다. 그 가게의 첫날 수입은 고작 11달러 8센트였지만, 지금은 맨해튼 중심가에 당당히 우뚝 솟은 세계 최대의 백화점 중 하나인 메이시 백화점으로 성장해있다.

눈앞의 실패에 좌절해 절망에 빠진다면 앞으로 어떻게 노력할 것인지, 또 앞으로 어떻게 성공할 것인지에 대해서는 생각해볼 겨를이 없다.

한 권투선수는 "경기 중에 왼쪽 눈을 맞아 뜰 수 없다 해도 오른쪽 눈을 크게 부릅뜨면 상대를 똑똑히 볼 수 있고, 그래야 반격의 기회를 엿볼 수 있다. 왼쪽 눈이 아프다고 오른쪽 눈까지 감아버리면 오른쪽 눈마저 공격을 당할 뿐이다."라고 했다. 이 점은 우리 삶에 있어서도 마찬가지이다.

••• '넘어지면 다시 일어나라.' 이 말이 실패한 사람을 격려하는 가장 좋은 말인 것 같지만, 여기에는 이것을 실천하기 위한 두 가지 요소가 빠져있다. 바로 끊임없이 자신을 채찍질하는 끈기와 용기다. '넘어지면 끈기와 용기를 갖고 다시 일어나라.'

원하는 것을 다 가지다

　　예로부터 지금까지 절대다수의 부호들이 자신의 재산을 관리하는 가장 일반적인 방법은 자손에게 물려주는 것이다. 최근 미국의 부호들 사이에서는 자식들에게 너무 많은 재산을 남겨주지 않는 것이 일종의 유행처럼 번지고 있다. 그래야만 자식들이 탐닉에 빠져 스스로 일어서지도 못하는 무능한 사람이 되는 것을 막을 수 있다는 것이다. 이런 풍조를 실천한 유명한 사람들 중에는 마이크로소프트사의 창업주인 빌 게이츠와 주식투자가인 워렌 버핏이 있다.

　　부호들의 이러한 관념은 아마도 로스차일드가 남긴 교훈에서 비롯된 것으로 보인다. 로스차일드는 모든 재산을 아들인 라파엘에게 남겨주었다. 그러나 라파엘은 유산을 넘겨받은 지 2년 후에 뉴욕의 어느 인도에서 죽은 채로 발견되었다. 사인은 헤로인 중독이었으며, 그때 그의 나이는 23세에 불과했다.

카네기재단이 실시한 조사 결과에 따르면, 15만 달러 이상의 유산을 물려받은 자녀들의 20%가 직업을 포기하였으며, 매일 같이 먹고 마시며 노는 데 재산을 탕진한 것으로 밝혀졌다. 그들 중 몇몇은 일생을 고독하게 살았으며, 정신이상이 생겼거나 법을 위반하는 일을 저질렀다. 인생을 살아가는데 주어진 가장 중요한 과제는 바로 자립심을 키우는 것이다. 중국의 1세대 교육자 타오싱즈(陶行知)는 이런 시를 썼다.

"스스로의 피와 땀으로 자신의 일은 스스로 알아서 해야 한다. 늘 하늘에 의존하고 땅에 의존하는 사람은 훌륭한 사람이 될 수 없다."

살아가면서 가장 믿을 만한 것은 무엇일까? 그것은 바로 스스로의 지식, 지혜 그리고 땀이다.

"다른 이에게 의지해 농사를 지으면 풀뿐이고 다른 이에게 의지해 밥을 지으면 국뿐이다."

부모에게 조차 한평생을 의지할 수 없는데, 하물며 다른 사람에게는 오죽하겠는가? 이 세상에 가장 믿을 만한 사람은 다른 사람이 아닌 자기 자신이다.

· · · ·

청나라 말, 국경을 지키는 막료였던 좌종당(左宗棠)은 노령으로 퇴직하여 고향으로 돌아갔다. 그는 장사(長沙) 지방에 호화로운 집을 지어 자손들에게 물려줄 계획이었다. 그는 집을 짓는 일꾼들이 일을 대충대충 할 것이 걱정되어 직접 지팡이를 짚고 매일같이 나와 공사를 감독하며 여기 저기 만져도 보고 두드려도 보았다. 한 일꾼이 그의 불안해하는 모습을 보고 말했다.

"어르신, 걱정 마십시오. 전 평생 동안 이런 집을 수도 없이 지어봤습니다. 제 손으로 지은 집은 단 한 번도 하자가 있던 적이 없습니다. 다만 집주인이 바뀌는 일은 종종 있지요."

좌종당은 그 말을 듣고 부끄러워 얼굴을 붉히고는 한숨을 내뱉으며 가버렸다.

· · ·

총명한 신하로 알려져 있던 임칙서(林則徐)의 이야기는 모든 이들이 배울 만 하다.

"자손이 나와 같다면 돈이 무슨 필요가 있겠는가? 현명하더라도 돈이 많으면 그 지향하는 바에 해가 될 것이다. 자손이 나와 같지 않다면 돈이 무슨 필요가 있겠는가? 어리석으면서 돈이 많으면 그 과실(過失)이 많아질 것이다."

자신이 떠나면 자식들이 살 수 없을 거라 여기지 마라. 스스로 일어설 수 있는 사람만이 스스로를 보살필 수 있다.

고대 그리스 신화에는 이런 이야기가 있다.

제우스의 아들인 헤라클레스가 어렸을 때 두 명의 여신을 만난 적이 있었다. 하나는 착한 여신이었고 하나는 나쁜 여신이었다.

나쁜 여신이 그에게 말했다.

"나를 따라 오렴! 네가 평생을 가도 다 누릴 수 없는 부귀영화를 줄게. 네가 원하는 것은 무엇이든 모두 만족시켜 주마."

착한 여신이 그에게 말했다.

"나는 너에게 용기 있게 앞으로 나아가는 법을 가르쳐 주마. 너는 험난한 과정을 싸워 나가며 누구보다 강한 자가 될 수 있을 거야."

헤라클레스는 잠시 생각한 후, 착한 여신을 따라가기로 결정했다. 그날 이후, 그는 수많은 적과 싸워 이기는 과정을 겪으며 누구보다도 강인해졌고, 그리스 신화 중에 제일로 손꼽히는 위대한 영웅이 되었다. 그리고 이 덕분에 그는 청춘의 여신인 헤베를 아내로 맞이할 수 있었다.

고대 그리스인들에게는 정말 탄복하지 않을 수가 없다. '원하는 것을 다 가지다'라는 것은 행복이 아닐뿐더러 일종의 악이다. 역경에 도전할 수 있는 자만이 이상적인 삶을 살아갈 수 있다.

원하는 것을 다 갖추고 살아가는 안락한 삶은 몸을 편안하게 할 수는 있지만, 능력과 재능, 품성 등의 생명력은 어떠한 것도 얻을 수 없게 만든다.

'모든 것이 좋아지려면 군자는 스스로 쉼 없이 강해져야 한다.'
세상은 끊임없이 발전하고 사회는 끊임없이 앞으로 나아가고 있다. 뜻이 있는 자는 끊임없이 스스로를 단련하고 다져야 한다.

. . .

구소련 로켓의 아버지 찌올코프스키(1857년~1935년)는 10살 때 선홍열에 걸려 며칠 동안 고열에 시달리다 심각한 합병증이 생겨 청각을 거의 상실한 반 귀머거리가 되고 말았다. 결국 그는 학교생활을 더 이상 지속할 수 없게 되었다. 아버지는 숲을 지키는 일을 했는데 늘 이곳저곳을 다니며 바빴기 때문에 그를 가르치는 일은 고스란히 어머니 몫이 되고 말았다. 어머니의 세심하고 인내심 있는 지도로 그는 매우 빠르게 진보하였다. 그러나 그가 막 독학에 대한 의지와 자신감으로 가득 차 있을 때 어머니가 병으로 죽고 말았다. 갑자기 닥친 충격에 그는 고통스러웠다. 그는 이해할 수가 없었다. '삶은 왜 이렇게 힘든 걸까? 왜 이 모든 불행이 나에게만 닥치는 것일까? 이제 어쩌지?' 그때 그의 아버지가 머리를 쓰다듬으며 말했다.

"아들아, 의지를 갖고 네 스스로 앞으로 나아가거라."

그렇다! 학교도 받아주지 않고 다른 사람들의 조롱거리가 되었으니 이제는 자신밖에 의지할 곳이 없었다.

어린 찌올코프스키는 그때부터 진정한 독학의 길에 접어들었다. 그는 초등학교부터 중·고등학교, 대학교 과정까지, 그리고 물리, 화학, 미적분, 분석기하를 모두 스스로 공부해냈다. 한 귀머거리가, 어떠한 교육도, 중·고등학교 문턱에도 가 본 적이 없는 이가 각고의 노력으로 결국 위대한 과학자가 되어 로켓 기술과 우주 항행의 이론적 기초를 다진 것이다.

••• 다른 사람에게 의존하여 행복을 얻으려는 생각은 참으로 비현실적이며 당신의 앞날을 어둡게 할 뿐이다. 조금 먼 길일지라도, 더 많은 난관이 있을지라도 스스로의 힘으로 어려움을 극복해 나간다면 반드시 목적지에 닿을 수 있다.

마지막 문제

스스로 똑똑하다고 자부하는 학생이 한 시험에 응시했다. 그런데 시험문제를 받아 대충 훑어보니 맨 윗줄에 '먼저 마지막 문제까지 모두 읽은 후에 답하시오' 라고 쓰여 있는 것만 빼면 아주 평범한 문제들이었다. 그의 실력이라면 30분도 안 돼 모두 풀 수 있을 것 같았다. 그는 길게 생각할 것도 없이 자신만만하게 문제를 풀기 시작했다.

2분 쯤 지났을까. 학생 한 명이 빙그레 미소를 지으며 시험지를 제출하는 것이 아닌가.

이 똑똑한 학생은 씩 웃으며 중얼거렸다.

"백지답안지를 내는군."

그런데 5분이 지나자 7~8명의 학생들이 또 답안지를 제출하는 것이 아닌가.

만면에 미소가 가득한 것을 보아하니 백지 답안지를 제출한 것 같지는 않았다. 아직 20문제 밖에 풀지 못했던 이 학생은 긴장하며 더욱 속도를 내서 문제를 풀었다.

그런데 드디어 마지막 76번 문제를 풀려는 찰나, 그 학생은 하늘이 무너지는 것 같았다.

'이 시험지는 풀지 않아도 됩니다. 이름만 쓰면 만점을 받겠지만 문제를 푼다면 한 문제 풀 때마다 1점씩 깎이게 됩니다' 라고 쓰여 있었던 것이다.

당황한 학생이 황급히 손을 들고 시험감독 선생님에게 질문을 하려할 때, 다른 몇몇 학생들도 믿기지 않는다는 표정으로 주위를 두리번거렸다.

하지만 그들은 시험지의 맨 위에 있는 '먼저 마지막 문제까지 모두 읽은 후에 답하시오' 라는 한 마디를 보며 신중하지 못했던 자신을 책망하는 것 밖에 다른 도리가 없었다.

살면서 이런 비슷한 상황을 종종 경험하게 된다. 잘난 체 하며 남의 말을 무시하는 것은 우리가 아주 흔하게 저지르는 실수다.

특히 배우고 성장하는 과정에서는 내면을 비우고 겸허한 자세로 받아들이는 자세를 가장 먼저 배워야 한다.

이끼가 가득 낀 마음 속 잔의 물을 모두 쏟아내 버려야 깨끗한 물을 새로 담을 수 있다. 그리고 새로운 것을 배울 때마다 마음속의 잔을 비워야 하기 때문에 지혜를 담을 수 있는 넓은 저수지가 필요하다. 잔속에 담긴 물을 수시로 그 저수지에 쏟아 붓고 마음속의 잔을 늘 빈 상태로 유지시켜야 언제든 새로운 것을 담을 수 있다.

••• 마음먹은 대로 술술 풀리든 아니면 뜻하지 않은 벽에 부딪히든, 마지막 76번 문제를 생각해보자. 똑똑하다고 자만하며 남의 의견에 귀를 기울이지 않는다면 결국 손해는 자신에게로 돌아온다. 이 점은 사람들과의 교류, 부부간의 사랑과 믿음, 자녀 교육 등에 모두 적용되는 것이다.

벽돌을 쌓아라

사범대학을 졸업하자마자 왕펑(王峰)이 발령받은 곳은 한 외떨어진 산골마을의 작은 분교였다. 외부 세계와 거의 단절되었다고 할 정도로 외진 곳이라 생활하기에 불편한 것은 물론이요, 월급이라야 봤자 쥐꼬리의 반 토막도 되지 않았다. 사실 왕펑은 이런 시골마을에서 썩기에는 아까운 인재였다. 그는 우수한 성적으로 대학을 졸업했을 뿐만 아니라 글짓기에도 남다른 재주가 있어 여러 차례 상을 탄 경력도 있었다. 나름대로 주위에서 촉망 받던 인재가 산골마을에서 몇 안 되는 코흘리개 아이들을 가르치게 되었으니 그가 억세게 운이 없는 자신의 처지를 한탄하는 것도 무리는 아니었다. 그는 후한 연봉을 받으며 번듯한 직장에 다니는 동창들을 부러워했다. 그러다보니 자연히 현재의 일에 열정을 가질 수 없었고 좋아하던 글쓰기마저 그만둔 지 오래였다. 왕펑은 현재의 상황을 벗어날 수 있는 방법을 찾기에만 골몰

하며 남들이 부러워하는 멋진 직장에서 고액의 연봉을 받으며 일하는 자신의 모습을 그려보곤 했다.

그렇게 2년이란 시간이 눈 깜짝할 사이에 지나갔다. 그동안 왕펑은 학교에서도 별 능력을 발휘하지 못했고 글쓰기에서도 큰 성과를 거두지 못했다. 대신 그는 취직을 원하는 몇몇 회사에 이력서를 보냈지만 합격의 영광을 누릴 수는 없었다.

그런데 어느 날 아주 작은 계기가 왕펑의 운명을 완전히 뒤바꿔놓았다.

학교에서 마을운동회가 열리던 날이었다. 문화행사라고는 거의 없는 시골마을이었기에 운동회는 마을 전체의 큰 행사였다. 운동회가 열리면 모든 마을 사람들이 구경하기 위해 모여들었기 때문에 손바닥만한 운동장도 사람들로 가득차곤 했다.

왕펑이 여느 때보다 늦게 학교에 도착해보니 사람들이 운동장을 빙 둘러싸고 구경하고 있었다. 왕펑은 감히 인파를 헤치고 들어가지 못하고 맨 뒤에서 까치발을 해보았지만 보이는 건 역시 사람들 뒤통수뿐이었다. 그 때 한 작은 소년이 그의 시선을 사로잡았다. 소년은 주변에 있는 벽돌들을 주워다 하나씩 쌓아올리고 있었다. 지금까지 얼마 동안 벽돌을 쌓고 있었는지는 알 수 없었지만 그 모습이 어찌나 진지한지 왕펑은 한동안 넋을 놓고 소년의 행동을 바라보았다. 벽돌을 50센티쯤 쌓자 소년은 왕펑을 향해 환한 웃음을 지어보였다. 성공에 대한 희열이 미소 띤 얼굴에

한껏 묻어났다.

바로 그 미소가 왕펑의 가슴에 커다란 울림으로 다가왔다. 그는 순간 그동안 잊고 있었던 아주 간단한 원리를 깨달을 수 있었다. 바로 수많은 사람들로 둘러싸인 운동회를 구경하려면 발밑에 벽돌을 쌓으면 된다는 사실이었다.

그때부터 왕펑은 완전히 딴 사람이 되었다. 예전과는 다르게 열정을 가지고 일하기 시작했다. 착실히 최선을 다해 한 걸음씩 계단을 올라서듯 결실을 거두어갔다. 머지않아 그의 노력은 가시적인 성과를 거두었고 먼 데까지 그가 훌륭한 교사라는 소문이 자자하게 퍼졌다. 그가 아이들을 가르치기 위해 직접 편집한 책이 정식으로 출간돼 다른 학교에도 보급되어 여러 곳에서 표창장을 받았다. 또 틈틈이 써온 글이 호평을 받으면서 신문에 고정 칼럼을 연재하게 되었다. 그리고 마침내 그가 바라던 명문학교로 발령받을 수 있었다.

확실한 이상을 가지고 있다면 어려움을 마다하지 않고 묵묵히 발밑에 '벽돌'을 쌓아라. 언젠가는 반드시 자신이 원하는 소망을 이룰 수 있을 것이다.

작은 일을 완성하는 것은 큰일을 이루기 위한 첫걸음이다. 위대한 성공은 작은 성공들이 쌓여서 이루어지는 법이다. 사회에 첫발을 들여놓을 때에는 자신의 능력이나 경험에 맞지 않는 일을 해야 하는 경우가 적지 않다. 하지만 조직에서 자신의 가치를 인정받고 나면 점차 중요한 일을 맡을 수 있다. 하루하루를 배울 수 있는 기회로 생각한다면 회사와 조직 안에서 더욱 중요한 가치를 발휘하게 되고, 승진의 기회가 생기면 상사는 분명 당신을 가장 먼저 떠올리게 될 것이다. 어떤 일, 어떤 목표라도 한 걸음씩 착실히 전진하다보면 반드시 성공의 저 편에 다다를 수 있다.

••• 위대한 성공은 무수히 많은 작은 성과들이 쌓여서 이루어지는 것이다. 작은 일을 제대로 하지 못하면 큰일도 성공할 수 없다.

조금씩 더 하라

'회사를 위해 무엇을 해야 할까?' 라는 생각보다는 '회사를 위해 할 수 있는 것이 무얼까?' 라는 생각을 가지고 일해야 한다.

맡은 일에 전심전력을 다하는 것만으로는 부족하다. 자신에게 주어진 일 외에 더 할 수 있는 일이 무엇인지 생각하고, 또 남들이 기대하는 것 이상으로 일해야 한다. 그래야 주목받을 수 있는 기회가 더 많아지고 스스로 발전할 수 있다.

물론 자기 직책 이외의 일을 해야 할 의무는 없다. 하지만 스스로 찾아서 행한다면 더 빨리 발전할 수 있다. 자발적으로 솔선수범하는 것은 소중하고 가치 있는 행동이며, 사람으로 하여금 더욱 민첩하고 적극적으로 행동하게 한다. 관리자이든 말단직원이든 매일 조금씩 더 하고자 하는 생각으로 일한다면 경쟁 속에서 두각을 나타낼 수 있다. 상사는 물론이요, 자신에게 일을 맡긴 고객들도 모두 당신을 주목하고 신뢰하게 될 것이며, 그로 인해 당신에게는 더 많은 기회가 주어질 것이다. 매일 조금씩 더 일하기 위해서는 더 많은 시간이 필요하겠지만, 그것으로 인해 주변으로부터 더 좋은 평가를 받게 되고 남들에게 더 필요한 존재가 될 것이다.

칼로 대니스가 처음 GM의 창업자인 윌리엄 듀란트의 부하직원으로 일하기 시작했을 때 그는 말단 사원에 불과했다. 하지만 머지않아 그는 윌리엄 듀란트의 오른팔이 되었을 뿐 아니라 자회사의 사장으로 임명됐다. 그가 이렇게 고속 승진을 할 수 있었던 비결은 바로 매일 조금씩 더 일했던 것이다.

그는 자신의 성공비결에 대해 이렇게 담담하게 설명했다.

"처음 입사했을 때 모든 직원들이 퇴근한 후에도 듀란트씨는 매일 사무실에 남아 늦게까지 일하는 것을 보았다. 그때부터 나도 퇴근 후 사무실에 남았다. 나 말고 그렇게 하는 사람은 단 한 명도 없었다. 하지만 난 사무실에 남아 듀란트씨가 필요로 할 때 도와주어야 한다고 생각했다.

듀란트씨는 일을 할 때 서류를 찾고 자료를 복사하는 일들이 필요했다. 처음에는 내가 그런 일들을 직접 찾아서 했지만 얼마 되지 않아 듀란트씨는 내가 언제나 그가 부르기를 기다리고 있다는 사실을 알아차렸고 또 그런 일들이 있을 때마다 습관적으로 날 부르기 시작했다."

듀란트는 왜 도움이 필요할 때마다 대니스를 불렀을까? 그건 바로 대니스가 자발적으로 사무실에 남아있어 언제든 부르면 올 수 있고, 또 맡은 일을 충실히 해내기 때문이었다. 그런데 대니스가 그 대가로 추가 보수를 받았을까? 그렇지 않다. 하지만 그는 급여 대신 더 많은 기회를 얻고 결국 남들보다 먼저 승진할 수 있었다.

실제로 실천하는 사람은 거의 없지만, 매일 조금씩 더 일해야 하는 이유를 찾자면 수없이 많다. 이런 습관을 들이면 그렇지 않은 사람보다 더 큰 경쟁력을 가지게 된다. 어떤 업종에 종사하는 가에 관계없이 더 많은 사람들로부터 도움을 요청받게 될 것이다.

사람은 어려움에 처하면 큰 힘을 내기 마련이다. 이것은 누구에게나 예외 없이 적용되는 법칙이다. 주어진 일보다 조금씩 더 일한다면 자신의 능력을 남들에게 보여줄 수 있을 뿐 아니라 스스로 능력을 계발시켜 남들보다 훨씬 더 강해질 수 있다.

사회가 발전하고 회사가 성장할수록 개인의 직무범위도 더 넓어진다. "이건 내 일이 아니야."라는 생각으로 책임을 회피하지 말고 자신의 직무 이외의 일이 주어졌다면 그것을 기회로 생각하자.

남들보다 먼저 출근한다 해도 아무도 그 사실을 알지 못할 것이라는 생각한다면 오산이다. 상사들은 두 눈을 크게 뜨고 그런 당신의 모습을 지켜보고 있을 테니 말이다. 남들보다 조금씩 일찍 출근한다는 것은 그만큼 자신의 일을 중요하게 생각하고 있다는 증거이고, 또 그날 할 일에 대해 계획을 세울 수 있기 때문에 남들보다 한 발 앞서 나가는 셈이다.

성공하고 싶다면 평생 배우며 살아야한다는 생각을 갖고 전문 지식을 공부하고 상식을 늘리기 위해 노력해야 한다. 자신과는 큰 연관이 없을 것 같던 지식이 큰 효과를 발휘하는 일이 종종 있기 때문이다. 그리고 이런 지식들은 매일 조금씩 더 일하는 습관을 통해 얻어질 수 있다.

자신의 직무가 아닌 것을 하는 것, 이것이 바로 기회이다. 연구 결과에 따르면 많은 사람들이 기회가 찾아왔을 때 그것을 포착하지 못하는 이유는 바로 기회가 '문제'로 가장한 채 찾아오기 때문이라고 한다. 고객이나 동료, 혹은 상사가 어떤 어려운 일을 맡겼을 때, 그때가 바로 아주 소중한 기회가 될 수 있다는 것이다. 훌륭한 직원에게는 회사의 조직구조가 어떻고 누가 그 문제를 책임져야하며, 또 누가 그 임무를 수행해야 하는지는 중요하지 않다. 중요한 것은 어떻게 하면 그 문제를 해결할 수 있는가 하는 것이다.

매일 조금씩 더 일하는 것이 처음에는 어떤 대가를 바라고 한 일이 아니라고 해도 종종 물질적인 대가보다 더 많은 수확을 가져다주곤 한다.

· · ·

앨런의 일생에 결정적인 영향을 미쳤던 이직(移職)도 바로 작은 일을 계기로 이루어진 것이었다. 토요일 오후 앨런과 한 건물에서 일하는 변호사가 그의 사무실로 들어오더니 오늘 반드시 처리해야할 일이 있는데 혹시 속기사 한 명을 구할 수 없겠느냐고 물었다.

앨런은 회사의 모든 속기사가 축구중계를 관람하기 위해 서둘러 퇴근을 했고, 5분만 더 늦게 왔으면 아마 자신도 퇴근했을 것이라고 말하며 자신이 그 일을 돕겠다고 했다. 앨런은 변호사를 보고 미소를 지으며 말했다.

"축구경기는 아무 때나 볼 수 있지만, 그 일은 오늘 하지 않으면 안 되는 것이잖아요."

일을 무사히 마친 후, 그 변호사는 앨런에게 비용을 얼마나 주어야 하는지 물었다.

"변호사님의 일이니 천 달러만 받죠. 다른 사람의 일이었다면 아마 공짜로 해주었겠지만 말이에요."

앨런이 웃으며 농담을 건네자 변호사도 웃으며 고마움을 표시하고 사라졌다.

앨런의 이 말은 농담일 뿐으로 정말로 천 달러를 받을 생각은 없었다. 그런데 얼마 후 그 변호사는 정말로 그에게 천 달러를 지급했다.

6개월 후, 앨런이 그 일을 완전히 잊어버리고 있었을 때, 변호사가 갑자기 그를 찾아오더니 대뜸 천 달러를 내밀며 그를 자신의 직원으로 고용하겠다고 제안했다. 그것도 현재 받고 있는 월

급보다 천 달러나 높은 월급을 주고서 말이다.

앨런이 한 것이라고는 좋아하는 축구경기를 포기하고 조금 더 일한 것밖에는 없었다. 그리고 그가 그렇게 행동한 것은 단지 남을 돕는다는 즐거움 때문이었지 금전적인 사례를 바란 것은 결코 아니었다. 앨런은 자신의 휴식을 포기하고 남을 도와야할 의무가 없었지만, 휴식을 포기한 덕분에 천 달러라는 물질적인 수입 외에 전보다 더 좋은 대우를 받고 훨씬 더 중요한 일을 할 수 있는 기회를 얻은 것이다.

'회사를 위해 무엇을 해야만 할까' 라는 생각보다는 '회사를 위해 무엇을 할 수 있을까' 라는 생각으로 일하는 것이 자신에게도 훨씬 도움이 된다. 보통 사람들은 자신이 맡은 임무만 성실하게 수행하면 된다고 생각하지만, 그것만으로는 턱없이 부족하다. 특히 사회에 갓 발을 들여놓은 젊은이라면 더욱 그렇다. 성공하고자 한다면 반드시 남들보다 더 많이, 그리고 더 잘 해야 한다. 처음에는 문서 송달이나 복사 등 그리 중요하지 않은 일을 해야만 할 수도 있지만, 평생 동안 그런 일만 하고 있을 수는 없지 않은가? 성공한 사람들은 맡겨진 본업 외에도 다른 여러 가지 일들을 자발적으로 찾아서 하며, 자신의 능력을 기르며 남들의 주목을 받는다.

화물관리를 담당하고 있다면 어느 날 화물명세서에서 남들은 발견하지 못한, 하지만 자신의 직무와는 무관한 착오를 발견할 수 있을 것이고, 우체부라면 우편물을 신속하고 정확하게 배달하는 것 외에도 우편과 관계된 다른 서비스를 할 수도 있다. 이런 일들은 어쩌면 전담직원이 책임져야 할 일일수도 있지만, 그렇다고 외면하지 않고 자발적으로 나서서 잘 처리한다면 성공이라는 나무의 씨앗을 심을 수 있다.

••• 뿌린 만큼 거둔다. 지금 뿌린 씨앗이 당장은 싹이 나고 열매를 맺지 않을 수도 있지만 그렇다고 의기소침해질 필요는 없다. 꾸준히 씨앗을 뿌리다보면 자신도 모르는 사이에 예상치 못했던 곳에서 씨앗이 싹터 풍성한 열매를 맺을 수 있기 때문이다.

살아야할 의미

비셀은 서사하라사막의 진주로 불리며 매년 수많은 관광객의 발길이 끊이지 않는 곳이다. 하지만 켄 레먼 박사가 이곳을 발견하기 전까지 이곳은 외부와 완전히 단절된 외진 곳이었다. 그 때까지 이곳에 사는 사람들 가운데 사막을 지나 바깥세상으로 나온 사람은 단 한 명도 없었다고 한다. 그것은 그들이 그 황량하고 궁핍한 땅을 떠나고 싶어 하지 않았기 때문이 아니라, 벗어나기 위해 수없이 많은 시도를 했지만 모두 실패로 돌아갔기 때문이었다.

레먼 박사가 손짓으로 이곳 사람들과 의사소통을 해보니, 사람들의 대답은 모두 한결같았다. 어느 방향으로 가더라도 결국에는 이곳으로 되돌아오고 만다는 것이었다. 하지만 레먼 박사는 그럴 리 없다고 생각했다. 자신이 바깥세상에서 이 마을로 들어왔다는 것 자체가 이곳이 단절된 곳이 아니라는 반증이 아닌가. 그래서 그는 그들의 말이 사실인지 알아보기 위해 실험을 하기로 했다. 그런데 비셀을 떠나 북쪽으로 똑바로 걸은 지 정확히 3일 반 만에 사막을 벗어날 수 있었다.

그런데 비셀 사람들은 왜 벗어나지 못했던 것일까? 그 이유를 알 수가 없었던 레먼 박사는 비셀 주민 한 사람을 고용해 앞장서서 사막을 벗어나보라고 했다. 그를 따라가다 보면 그들이 왜 사막을 벗어나지 못했는지 그 원인을 알 수 있을 것이었다. 그들은 보름치의 물과 낙타 두 마리를 준비했다. 레먼 박사는 다른 장비는 모두 두고 나침반과 지팡이 하나만을 들고 그의 뒤를 따랐다.

그 후 열흘 동안 그들은 약 800마일을 걸었다. 그리고 11일째 되던 날 이른 아침, 눈앞에 오아시스 하나가 펼쳐졌다. 정말로 비셀로 다시 되돌아온 것이었다. 레먼 박사는 비셀 사람들이 사막을 벗어나지 못했던 원인을 비로소 깨달을 수 있었다. 그들은 북극성이 무엇인지, 또 북극성이 어디에 있는지 알지 못했던 것이다.

사방을 둘러보아도 사막 외에는 아무 것도 보이지 않는 곳에서 감각에만 의존해 앞으로 나아가다보면 자신도 모르는 사이에 크고 작은 수많은 원을 그리며 가게 되고, 결국 그의 족적은 소용돌이와 같은 형태를 띠게 되는 것이다. 비셀은 광활한 사막의 한 가운데에 위치해 있고, 반경 1천 킬로미터가 넘게 사막이 펼쳐져 있으므로 북극성을 알지 못하고 나침반도 없다면 사막을 빠져나온다는 것은 정말로 불가능한 일이었다.

레먼 박사는 비셀에 사는 한 청년을 앞세워 다시 길을 나섰다. 그리고 떠나면서 청년에게 이렇게 당부했다.

"낮에는 쉬고 밤에만 이동하게. 그리고 북쪽 하늘에서 가장 빛나는 별을 따라서 가면 사막을 벗어날 수 있을 것이네."

청년은 레먼 박사가 시키는 대로 했고, 과연 사흘 후 거대한 사막의 끝자락에 다다를 수 있었다. 그 청년은 비셀 사람들 가운데 최초로 사막을 빠져나온 개척자가 되어 비셀의 한 가운데에 그의 동상이 세워져 있다. 그리고 동상에는 이런 말이 새겨졌다.

"새로운 삶은 방향을 선택하는 것에서 시작된다."

나이는 큰 문제가 되지 않는다. 인생의 진정한 여정은 목표를 설정하는 순간부터 시작된다. 목표를 설정해야만 인생이 진정한 의미를 가지게 된다.

· · ·

한 제자가 프랭크 박사를 찾아왔다. 시립대학의 심리학 교수인 프랭크 박사는 고희를 넘긴 나이였지만 여전히 젊은 사고방식을 가지고 있었다.

프랭크 박사는 제자에게 젊은 시절 겪었던 일에 대해 이야기해 주었다.

"아주 오래 전에 한 나이가 지긋한 한 중국인을 만난 적이 있지. 그를 만난 건 제2차 세계 대전이 한창일 때 아시아의 한 포로

수용소에서였다네. 말로 다 할 수 없을 정도로 아주 열악한 환경이었어. 먹을 것은 물론이고 마실 물이 없어 이질, 말라리아 같은 전염병에 걸린 사람이 부지기수였고, 쏟아지는 뙤약볕과 굶주림, 정신적인 불안에 고통 받느니 차라리 죽는 편이 훨씬 나을 것 같았지. 그런데 그 노인과 만난 후로 난 삶에 대한 강렬한 욕망이 솟아나게 되었다네."

제자는 초롱초롱한 눈망울로 프랭크 교수의 이야기를 경청했다.

"그날 난 다른 포로들과 함께 수용소 마당에 앉아있었지. 몸이 천근만근 무겁고 지쳐 거의 널브러져 있었다는 표현이 더 정확하겠구먼. 당시 난 전기가 통하는 수용소 울타리를 바라보며 저길 기어 올라가는 것이 가장 쉬운 자살 방법이라고 생각하고 있었다네. 그런데 어디선가 한 중국인 늙은이가 내 옆에 와서 앉는 거야. 난 내가 몸이 허할 대로 허해져서 드디어 환상이 보이는 거라고 생각했어. 일본군의 포로수용소에 중국인이 있을 리가 없으니까 말이야. 그런데 그가 내게 던진 간단한 질문 하나가 날 살렸다네."

제자가 물었다.

"무슨 질문이었죠?"

"그의 질문은 바로 '여기서 나간 후에 제일 먼저 하고 싶은 것이 뭐죠?' 라는 것이었다네. 그건 내가 단 한 번도 생각해보지 않은 것이었어. 아니 감히 생각할 수도 없었지. 하지만 내 마음속엔 이미 그 대답이 있었다네. 아내와 아이들을 만나겠다는 것이었어. 그 순간 난 반드시 살아서 그곳을 나가기로 결심했다네. 아내와 아이를 만나야 한다는 것만으로도 내가 살아야할 이유가 충분했으니까. 그 질문이 내 목숨을 살린 셈이야. 나로 하여금 이미 잃어버렸던 것을 되찾게 해주었거든. 그건 바로 살아야할 이유였어. 그때부터는 하루하루가 그리 힘들지 않았다네. 하루 더 살수록 종전이 그만큼 가까워지고, 또 내 소원이 이루어질 날이 가까워진다는 사실을 알고 있었으니까. 그의 질문은 내 목숨을 살렸을 뿐 아니라, 내게 그 전까지는 한번도 배운 적이 없는 진리를 깨닫게 해주었다네."

"그게 뭐죠?"

"목표의 힘이지."

"목표라고요?"

"그래, 목표. 이건 이루기 위해 애쓸만한 가치가 충분한 것이야. 목표는 우리 삶의 목적이자 의의라네. 물론 목표가 없이도 살 수 있지만 그건 진정한 삶도, 또 행복한 삶도 아니야. 우린 반드시 생존의 목표를 세워야만 해. 누군가 '목표가 없으면 부서진 유리조각의 파편들처럼 사라지고 말 것이다' 라고 했지. 목표는 나아가야 할 방향과 의미를 창출해낸다네. 목표가 있어야 어디로 가야할지 알 수 있고, 또 무엇을 추구해야 할지 알 수 있어. 목표가 없으면 생활이 방향을 잃고, 사람은 그저 걸어 다니는 고깃덩이에 지나지 않아. 살고자하는 욕구는 완전히 상반된 두 가지에서 나온다네.

하나는 고통을 멀리하려는 것이고, 다른 하나는 행복에 가까이 다가가고자 하는 마음이야. 목표는 우리로 하여금 행복을 추구하기 위해 쉬지 않고 노력하도록 만들지만, 목표가 없다면 우린 고통에서 벗어나기에만 급급하며 살아가게 되지. 목표는 또 우리로 하여금 고통을 참도록 만드는 힘을 가지고 있다네."

"그건 잘 이해가 가지 않습니다. 목표가 어떻게 우릴 고통에서 참을 수 있게 만들죠?"

"음, 어떻게 설명하면 좋을까…. 옳거니! 자네가 지금 배가 몹시 아프다고 가정해보세. 몇 분마다 한번씩 심한 통증이 계속 되고, 신음이 절로 나올 정도로 심하게 아프다면 어떤 생각이 들겠나?"

"아주 무섭겠죠."

"통증이 점점 더 심해지고, 통증이 오는 간격도 점점 짧아진다면 어떤 생각이 들겠나? 긴장되겠나, 아니면 흥분이 되겠나?"

"죽을 만큼 아픈데 흥분이 되는 사람도 있습니까? 만약 그렇다면 새디스트겠죠."

"아닐세. 그것이 바로 분만을 앞둔 임산부라고 생각해보게나. 임산부들이 출산의 고통을 감내할 수 있는 것은 그 산고를 견뎌내고 나면 아이를 품에 안을 수 있다는 걸 알기 때문이 아니겠나? 통증이 점점 심해지고 통증의 간격이 짧아질수록 아이의 탄생이 가까워오고 있다는 증거지. 바로 고통의 구체적인 목표가 있기 때문에 극심한 통증을 참아낼 수 있는 거야."

"마찬가지로 이미 도달하고자하는 목표가 저 앞에 있다는 걸 알면 목표를 이루는 과정에서 오는 고통들은 얼마든지 감내할 수 있지. 당시 나도 살아야하는 목표가 생겼기 때문에 인내심을 발휘해 버텨낼 수 있었던 거야. 그렇지 않았다면 아마 전쟁이 끝날 때까지 기다리지 못했겠지. 그래서 난 초췌한 모습으로 앉아있는 다른 포로에게 똑같은 질문을 던졌다네. '이곳에서 나가면 제일 먼저 무얼 할 건가요?' 라고. 그런데 내 질문을 받은 포로의 표정이 점점 변하는 것이었어. 자신의 목표를 생각하는 그의 눈동자가 초롱초롱 빛나기 시작했어. 그리고 그 역시 나와 마찬가지로 그때부터 하루하루 이를 악물고 버티더란 말이지. 그도 날이 갈수록 자신의 목표에 더 가까워지고 있다는 사실을 알았던 거야."

"또 한 가지 이야기를 해줄까? 한 사람을 이렇게 크게 변화시킨 것이 바로 자네의 말 한 마디였다고 생각해보게나. 그 희열은 아마 겪어보지 않은 사람은 결코 알 수 없을 거야. 그래서 난 그때부터 이걸 내 목표로 삼고, 매일 최대한 많은 사람들을 돕기 위해 애썼다네. 그리고 전쟁이 끝난 후, 난 하버드 대학에서 아주 흥미로운 연구를 시작했어. 1953년 졸업생들에게 인생의 목표가 무엇인지 물어보았지. 인생의 목표를 가지고 있는 학생들이 얼마나 됐는지 아나?"

"절반 정도 되지 않을까요?"

"틀렸네. 3%도 안 됐어. 100명 가운데 인생의 목표를 가지고 있는 학생이 3명도 되지 않았다는 사실이 믿어지나? 우린 그 후 25년간 그 학생들의 인생을 계속 관찰했다네. 그 결과 확실한 목표를 가지고 있던 3%의 졸업생들이 그렇지 않은 97%의 학생들보다 25년 후 훨씬 원만한 결혼생활을 하고 건강상태도 양호하며 물질적으로도 더 여유로운 생활을 한다는 사실을 발견하게 되었지. 그들이 다른 학생들보다 더 행복한 인생을 살았다는 건 말할 필요도 없어."

"인생의 목표가 사람을 행복하게 한다고 생각하시는 이유가 뭔가요?"

"그건 우리가 음식을 통해서만 영양소를 섭취하고 힘을 얻는 것이 아니라, 정신적인 열정을 통해서도 정력을 얻기 때문이지. 그 열정이 바로 목표에서 나온다네. 왜 그렇게 많은 사람들이 자신을 불행하다고 하는 줄 아나? 여러 가지 이유가 있겠지만 가장 중요한 이유는 바로 그들의 생활에 목표가 없기 때문이야. 그런 사람들은 아침에 일어날 기운이 없고, 무언가를 위해 매진할 동기도 없지. 때문에 그들은 꿈도 없지. 그래서 그들은 인생이라는 여정에서 나아가야할 방향과 자아를 잃고 방황하게 되는 거야.

우리에게 추구할 수 있는 목표가 있다면 생활에 대한 스트레스는 모두 사라질 것이네. 마치 장애물 달리기를 하는 것처럼 목표에 도달하기 위해서라면 그 어떠한 장애물이 있어도 저돌적으로 전진하게 된다네.

목표는 우리가 행복한 인생을 살 수 있는 밑바탕이라고 할 수 있지. 사람들은 편안함과 물질적인 여유로움을 행복의 기본적인 요건이라고 생각하지만, 우리로 하여금 진정한 행복감을 느끼게 하는 것은 바로 우리가 열정을 불태울 수 있도록 만드는 그 무엇이라네. 이것이 바로 행복할 수 있는 가장 큰 비결이야. 의미와 목표를 잃어버린 생활은 설령 행복하다해도 일시적인 행복에 불과해. 우리를 오랫동안 행복할 수 있게 하는 것, 이것이 바로 내가 말하는 '목표의 힘'이라네."

••• 목표는 우리에게 살아야할 의미와 동기를 가져다준다. 목표가 있어야만 비로소 단순히 고통에서 벗어나기 위해서가 아닌, 어떤 희열을 얻기 위해 전력을 다하게 된다.

현실의 장벽

굶주림에 지친 두 사람이 신선을 만났다. 신선은 그들에게 낚싯대와 팔뚝만한 물고기들이 싱싱하게 펄떡이고 있는 어망을 보여주며 그 중 하나를 고르게 했다.

한 사람은 물고기를 선택했고 다른 한 사람은 낚싯대를 골랐다. 그리고 그 둘은 신선에게서 받은 것을 품에 안고 각자의 길을 떠났다.

물고기를 받은 사람은 그리 멀리 가지 않아 나뭇가지와 낙엽들을 모아 불을 지피고 물고기를 맛있게 구워먹었다. 워낙 굶주렸던 터라 물고기의 맛을 음미할 겨를조차 없이 게 눈 감추듯 먹어치웠다. 그런데 얼마 후 그는 빈 어망 옆에서 굶어죽은 채로 발견되었다.

한편 낚싯대를 받은 사람은 발걸음을 떼어놓을 힘도 없었지만, 힘겹게 낚싯대를 메고 바닷가로 갔다. 하지만 짙푸른 망망대해가 드디어 그의 눈앞에 펼쳐졌을 때, 그는 마지막 남은 힘마저 이미 소진된 후였다. 그는 결국 안타까움에 차마 감지 못한 두 눈을 부릅뜬 채, 바다를 몇 발자국 남겨둔 곳에서 숨을 거두고 말았다.

그리고 얼마 후 그들과 마찬가지로 굶주린 두 사람이 있었다. 그들 역시 신선으로부터 각각 낚싯대와 물고기가 든 어망을 받았다. 하지만 그들은 이전 사람들과는 달랐다. 그들은 헤어져 각자의 길을 가지 않고 낚싯대와 어망을 들고 함께 바다를 향해 떠났다. 둘은 하루에 물고기 한 마리씩 구워서 나눠먹었기 때문에 비록 먼 길이었지만 참고 걸을 수 있었다. 그리고는 마침내 파도가 넘실대는 바닷가에 도착 한 그들은 힘을 합쳐 물고기를 잡았다.

눈앞의 이익에만 급급한 사람은 순간적인 쾌락밖에는 얻을 수 없고, 목표가 너무 원대해도 현실이라는 장벽에 부딪힐 수 있다.

• • •

일곱 명의 건장한 청년들이 함께 술을 마시려 하고 있었다. 그런데 이상하게도 술병의 마개가 열리지 않는 것이었다. 한 명씩 돌아가며 술병을 잡고 씨름을 하느라 술자리 분위기도 이미 망쳐진 지 오래였다. 아무리 뽑으려고 애를 써도 작은 코르크 마개는 나오지 않았을 뿐만 아니라, 오히려 조금씩 더 안으로 들어가 버렸다. 누군가 가위를 마개에 찔러 넣은 후에 빼자고 했지만, 옆에 있던 청년이 연한 코르크 재질이라 성공할 수 없을 것이라고 했다. 또 한 청년이 나사못을 돌려 박은 후 힘껏 빼내자고 했지만, 역시 다른 청년이 나사못을 박다보면 마개가 병 속으로 빠져버릴 것이 분명하다며 반대했다. 한 청년은 송곳을 마개와 병 사이의 틈에 끼워넣은 다음에 힘껏 뽑으면 마개가 딸려 나올 게 분명하다고 했다. 그런데 모두 좋은 생각인 것 같기는 했지만 송곳이니 나사못이니 하는 것들을 당장 구할 수가 없으니 탁상공론일 뿐이었다.

어쩔 수 없이 다시 맨손으로 잡아 빼기 위해 안간힘을 썼으나, 야속하게도 마개는 뽑히지 않고 오히려 병 속으로 빠져버렸다. 순간 청년들이 일제히 안타까운 탄식을 내뱉었다. 그런데 그들은 곧 한 가지 사실을 발견하게 되었다. 바로 이제 술을 따를 수 있다는 것이었다.

굽이굽이 수많은 길을 헤맨 후, 사람들은 비로소 자신이 원치 않아 가기를 꺼려했던 그 길이 바로 가장 빠르고 옳은 길이었다는 사실을 발견하곤 한다. 길을 가장 정확히 선택할 수 있는 사람은 타인이 아니라, 바로 자신이다. 자신의 길을 스스로 선택할 수 없다면 그만큼 슬픈 일이 또 있을까?

· · ·

한 부지런한 농부가 자신의 밭에서 아주 커다란 호박을 수확했다. 크기가 보통 호박의 10배는 너끈히 되어보였다. 신기하고도 기쁜 마음에 농부는 이 호박을 왕에게 가져다 바쳤고, 왕은 농부에게 말 한 필을 하사했다.

이 소문은 동네방네 퍼져 한 욕심 많은 부자의 귀에까지 들어갔다.

'호박을 바쳐서 말 한 필을 얻었다니, 말을 바치면 적어도 금은 보화나 아리따운 미녀쯤은 내려주시겠지?'

이렇게 생각한 부자는 왕에게 집 한 채 값은 족히 될 법한 명마 한 필을 바쳤다. 이번에도 왕은 몹시 기뻐하며 신하들에게 이렇게 명령했다.

"농부가 바쳤던 그 진귀한 호박을 상으로 하사하라."

사람의 마음은 상황에 따라 시시각각 달라질 수 있다. 다른 사람의 행동을 그대로 따라한다 해도 결과는 완전히 다를 수 있다.

· · ·

진리를 깨달을 수 있기를 갈망하면서도 오히려 이러한 집착에 빠져 괴로워하는 사람들이 있다. 하지만 사실 진리란 마음을 비우고 평상심을 유지하면서 철저하게 순리에 따라야만 깨달을 수 있는 것이다.

옛날에 한 어리석은 나무꾼이 있었다. 하루는 나무꾼이 산에서 나무를 하다가 난생 처음 보는 동물을 발견했다.

나무꾼이 물었다.

"넌 도대체 누구니?"

동물이 또랑또랑한 눈망울로 대답했다.

"전 '깨달음'이라고 해요."

나무꾼은 생각했다.

'난 깨달음이 부족하니 저걸 잡아야겠군.'

그때 '깨달음'이 말했다.

"날 잡아야겠다고 생각했죠?"

마음을 들켜버린 나무꾼은 속으로 은근히 부아가 났다.

'이런 젠장! 어떻게 내 생각을 알아버린 거지?

그런데 '깨달음'이 또 이렇게 말하는 것이었다.

"내게 생각을 들켜버려서 화가 났군요?"

나무꾼은 속으로 또 중얼거렸다.

'내가 생각하고 있는 걸 거울 들여다보듯 훤히 꿰뚫고 있잖아?
차라리 단념하고 하던 일에나 전념하는 게 낫겠어.'

나무꾼은 도끼를 집어 들고 다시 나무 패는 일에 열중했다.

그런데 나무꾼이 실수로 도끼를 손에서 놓쳐버렸는데 공교롭
게도 도끼가 곧장 '깨달음'에게 날아가더니 정면으로 맞추어 쓰
러뜨리는 것이 아닌가. 그렇게 해서 '깨달음'은 나무꾼의 차지가
되었다.

본래 자신의 것이 아닌 것을 억지로 손에 넣으려 하지 말고, 순리에 따르는 법을 배워야 한다. 순리를 어겨가면서 억지로 얻으려고 하면 수많은 어려움에 부딪치겠지만, 순리에 따르는 법을 배우면 눈앞에 탄탄대로가 펼쳐질 것이다.

••• 이상과 현실을 조화롭게 결합해야만 성공할 수 있다. 때로는 이 간단한 진리 하나가 일생 동안 간직할 수 있는 소중한 교훈이 되기도 한다.

작은 흙인형이 강을 건너다

고난은 바로 강물이고 우리는 모두 흙으로 만든 인형들이다. 그렇다면 천당은 어디에 있는 것일까?

커다란 강이 있었다. 어느 날 하나님이, 이 강을 건너는 흙인형에게는 영원히 사라지지 않는 금과 같은 심장을 주겠노라고 했다.

그러나 흙인형들은 아무도 선뜻 나서지를 못했다. 얼마나 오랜 시간이 지났을까. 마침내 어느 작은 흙인형 하나가 일어서더니 강을 건너고 싶다고 말했다.

"흙인형인 네가 어떻게 강물을 건널 수 있겠니? 꿈도 꾸지 마라."

"강 복판까지 가지도 못하고 물에 빠져 죽게 될 거야!"

"너는 육체를 조금씩 조금씩 잃어버릴 때의 그 느낌을 아니?"

"물고기 밥이 돼서 머리카락 하나도 남지 않을걸!"

다른 흙인형들은 모두 그에게 충고했다.

그러나 이 작은 흙인형은 강을 건너기로 결심했다. 그는 평생을 하찮은 흙인형으로 살고 싶지 않았다. 그러나 하나님이 하사하신다는 심장을 얻기 위해서는 반드시 강을 건너야만 했다. 즉 천당에 가려면 반드시 먼저 지옥을 지나야만 한다. 그리고 그의 지옥은 바로 그가 이제 건너려 하는 강물이었다.

작은 흙인형은 강가에 이르렀다. 잠시 망설이다가 그는 양 발을 물속에 넣었고 곧바로 심장과 폐가 찢어질 정도의 고통이 그를 엄습했다. 그는 자신의 발이 빠르게 녹으면서 매분 매초 마다 자신의 몸에서 떨어져 나가는 것을 느꼈다.

"빨리 돌아가! 그렇지 않으면 너는 곧 사라져 버릴 거야!"

강물이 울부짖듯 말했다. 작은 흙인형은 대답 없이 그저 침묵하며 한 걸음 한 걸음 앞으로 나아갔다. 이때 그는 문득 그의 선택은 그에게 후회할 수 있는 기회조차도 없다는 것을 깨달았다. 만약 다시 육지로 뒷걸음질을 친다면 그는 형태가 일그러진 흙인형이 되고 말 것이다. 또한 이렇게 망설이며 주저하고 있는 것은 자신의 파멸을 앞당길 뿐이었다. 그러나 하나님이 강을 건너는 흙인형에게 심장을 주겠다고 한 약속은 죽는 것 보다 아득히 멀었다.

작은 흙인형은 외롭지만 고집스럽게 계속 나아갔다. 그 강은 너무 넓어서 마치 한 평생을 다 써도 끝에 이르지 못할 것 같아 보였다. 맞은편을 향해 가고 있는 흙인형의 눈에 건너편 강기슭을 수놓은 비단 같은 꽃들과 한없이 펼쳐진 녹색의 초원, 그리고 한가하게 하늘을 날고 있는 작은 새가 보였다.

하나님은 분명히 나무 아래에 앉아서 차를 마시고 계실 것이다. 아마도 그것이 바로 천당의 생활일 것이다. 그곳에는 그를 아는 사람이 없었다. 그가 이렇게 작은 흙인형이라는 것을 아는 이도, 그의 꿈과 같은 이상을 아는 사람도 없었다. 하나님은 그에게 천당에서 화초로 태어날 수 있는 기회를 주지 않으셨고, 또한 그에게 작은 새의 날개를 주지도 않으셨다. 그러나 하나님을 원망할 수 있을까? 하나님은 그가 흙인형이 되도록 허락하신 분이 아닌가? 게다가 안정된 생활을 포기한 것은 자기 자신이 아닌가?

작은 흙인형의 눈에서 눈물이 흘러 내려 얼굴의 피부가 떨어져 나갔다. 흙인형은 재빨리 얼굴을 들어 남은 눈물을 모두 눈 안으로 훔쳐 담았다. 눈물은 입과 목구멍을 따라 똑바로 흘러 그의 심장 위로 한 방울씩 떨어졌다. 흙인형은 눈물을 이렇게도 흘릴 수 있다는 사실을 처음 알게 되었다. 지금 그로서는 이것이 눈물을 흘릴 수 있는 유일한 방법이었다.

흙인형은 거의 불가능해 보이는 방법으로 앞을 향해 이동하고 있었다. 한걸음, 한걸음, 또 다시 한걸음, 물고기들이 탐욕스럽게 그의 몸에 달려들었고, 부드러운 진흙 모래가 덮칠 때마다 당장이라도 무너질 것 같았다. 또한 파도에 의해 거의 질식할 정도로 숨이 막혔다. 흙인형은 잠시만이라도 쉬고 싶었지만 일단 누우면 영원히 잠들어 고통조차도 사라질 거라는 것을 알고 있었다. 그는 참고 또 참을 수밖에 없었다. 신기한 것은 흙인형이 자신은 곧

죽을 거라고 느낄 때마다 항상 어떤 것이 그로 하여금 다음 순간까지 버텨낼 수 있게 해 주었다는 것이다.

얼마나 오랜 시간이 지났을까. 흙인형이 이제는 도저히 버틸 수 없을 것 같았을 때, 뜻밖에도 자신이 맞은편 강기슭에 거의 다다랐음을 깨달았다. 그는 무거운 짐을 벗어버린 것처럼 뛸 듯이 기뻤다. 초원으로 달려가고 싶었지만 자신의 남루한 옷이 천당의 깨끗함을 더럽힐까봐 두려웠다. 그는 머리를 숙여 자신을 살펴보았다. 놀랍게도 그는 이미 아무것도 남아있지 않았다. 금빛 찬란한 심장만을 빼고는…. 그의 눈은 바로 그 심장 위에서 자라고 있었다. 그는 모든 것이 이해가 되었다. 천당에는 단순히 운이 좋아서 이루어진 것은 아무것도 없었다. 화초의 씨앗은 먼저 무겁고 어두운 흙을 통과해야만 비로소 햇빛 아래서 싹이 터 미소를 지을 수 있었고, 작은 새도 무수한 깃털이 떨어져야만 비로소 하늘 높이 날을 수 있는 날개로 단련시킬 수 있었다. 그리고 작디작은 흙인형에겐 기적과 같은 용기와 끈기가 있어야만 비로소 생명의 거센 흐름이 영혼의 혼탁함을 깨끗이 씻어내고 금과 같은 심장을 찾을 수 있었던 것이다.

••• 모든 사람들은 금과 같은 심장을 얻을 수 있다. 중요한 것은 당신이 얻으러 가고 싶은지 아닌지, 얻을 용기가 있는지 없는지, 얻을 수 있는지 없는지 이다.

배움의 본질

높고 험한 산의 골짜기에서 작은 시냇물이 흘러 수많은 숲과 마을 사이를 굽이굽이 거쳐 사막에 도착했다. 사막이 앞을 가로막자 시냇물이 생각했다.

"지금까지 그 많은 역경을 모두 견뎌냈는데 이 까짓 사막쯤이야!"

그런데 사막을 가로지르기로 결심한 시냇물이 사막으로 들어서려는데 물이 모래에 스며들어 순식간에 흔적도 없이 사라지는 것이었다. 몇 번을 다시 시도해보았지만 소용이 없었다. 좌절한 시냇물은 사막을 건너는 것을 포기하고 중얼거렸다.

"아마도 이것이 내 운명인 것 같구나. 난 영원히 전설 속의 그 바다에는 갈 수 없을 거야."

그런데 바로 그때 어디선가 낮은 목소리가 들려왔다.

"잔잔한 바람이 이 사막을 건널 수 있다면 시냇물도 가능하단다."

가만히 들어보니 바로 사막의 목소리였다. 시냇물은 그럴 리 없다며 말했다.

"바람은 날아서 넘을 수 있지만 난 그럴 수 없잖아요."

"그건 네가 원래의 모습을 고집하고 있기 때문이란다. 지금까지의 모습을 포기하지 않으면 넌 영원히 사막을 건널 수 없을 거야. 하지만 미풍이 널 사막 저편으로 데려다준다면 넌 목적지에 다다를 수 있지. 지금의 네 모습을 버리고 수증기가 되어 미풍에 몸을 맡겨보렴."

사막은 여전히 낮은 목소리로 말했다.

그러나 시냇물은 지금까지 한번도 그럴 수 있다는 생각을 해본 적이 없었다.

"지금의 모습을 포기하고 바람 속으로 사라지라고요? 말도 안 돼요!"

시냇물은 자신의 모습을 포기하라는 말을 도저히 받아들일 수 없었다. 아니, 지금까지 단 한 번도 그런 적이 없었다. 현재의 모습을 버리라는 것은 없어지라는 말과 다를 바가 없었다.

"그 말이 사실이라는 것을 어떻게 믿죠?" 시냇물이 여전히 믿겨지지 않는다는 듯 물었다.

"미풍은 수증기를 머금고 사막을 건넌 뒤 적당한 곳에 가면 비로 변화시켜 땅위로 다시 뿌려줄 거란다. 그러면 빗물이 모여 다시 시내가 되어 앞으로 계속 흘러가면 되는 거야." 사막이 차근차

근 설명했다.

"다시 지금처럼 시냇물이 될 수 있다는 말인가요?"

"그렇기도 하지만 또 그렇지 않기도 한단다. 하지만 시냇물이든 수증기든 너의 본질은 결코 변하지 않아. 넌 지금까지 시냇물의 본질에 대해 생각해본 적이 없지?"

시냇물은 자신이 시냇물로 변하기 전의 일들을 떠올리기 시작했다. 미풍에 의해 어떤 높은 산의 허리로 옮겨졌다가 비로 변해 땅으로 내려온 뒤 오늘처럼 시냇물이 된 것이었다.

시냇물은 용기가 불끈 솟는 것을 느꼈다. 용기를 내 미풍의 품속으로 달려들려 몸을 맡겼다. 그러자 생명의 또 다른 여정이 시작되었다.

우리의 인생도 이 시냇물과 같아서 험한 장애물을 넘어 원하는 목적을 이루기 위해서는 자아를 포기하고 때로는 자신을 변화시키는 지혜와 용기를 가져야 한다. 그래야만 생명이 끊임없이 성장할 수 있다.

시시각각 변화하고 수많은 정보가 쏟아지는 오늘날 시간과 공간의 개념도 예전과 사뭇 달라졌다. 이젠 사람과 사람 사이의 거리도 의미를 잃고 지구촌이라고 할 정도로 가까워졌다. 그러다보니 자연히 경쟁의 법칙도 변화했다.

변화만이 이 시대에서 유일하게 변하지 않는 특징이다. 우리가 원하든 원치 않든 세상은 끊임없이 전진하고 있으며, 우리 마음대로 변화와 전진을 가로막을 수는 없다. 세상은 우리를 단 반걸음도 기다려주지 않는다. 남들보다 더 많이 변화하고 더 많이 도전하는 사람에게 더 많은 기회가 찾아온다.

이 시대의 유일한 경쟁력은 바로 경쟁상대보다 더 빠르게, 더 많이, 더 잘 배우는 것이다.

배움의 본질이 도대체 무엇일까? 그렇다. 그건 바로 '변화'이다.

··· 요즘은 세상이 '변화'하고 있다기보다 '개혁'이라는 말이 어울릴 정도로 급격히 달라지고 있다. 자신을 개혁하지 못하면 경쟁에서 패배할 것이다.

"많이 일하고 적게 말하라."

미국 철로의 표준궤도 폭은 4피트 8.5인치다. 그런데 5피트도 아니고 왜 하필 4피트하고도 8.5인치일까? 참으로 이상한 기준이 아닐 수 없다.

사실 이 기준은 영국 철로의 표준궤도 폭이었다. 미국에서 처음 철로를 부설할 때 영국인들이 공사를 했기 때문에 영국의 표준을 그대로 따르게 된 것이다. 그러면 영국은 왜 이렇게 이상한 기준을 세운 것일까? 그것은 철로가 기존의 전차 궤도를 그대로 모방해 설계되었기 때문이다. 그러니까 다시 말해 이 표준은 전차 궤도의 폭이었다.

그러면 전차 궤도의 표준은 또 어떻게 결정된 것일까?

그건 마차를 만들던 사람들이 전차를 만들었기 때문이다. 바로 마차의 양 바퀴 사이의 거리가 전차 궤도의 폭이 되었던 것이다.

마차는 왜 그렇게 이상한 수치로 만들었던 것일까? 당시에는 영국의 오래된 길마다 이미 마차바퀴 자국이 깊이 패여 있어, 그 궤적대로 마차를 몰지 않으면 얼마 가지 못해 마차바퀴가 부서져버렸기 때문이다. 그리고 이 궤적의 간격이 바로 4피트 8.5인치였다.

그러면 이 궤적은 언제부터 어떻게 생기게 된 것일까? 그 해답은 바로 로마인들에게서 찾을 수 있다. 영국의 오래된 길을 포함해 유럽의 대부분의 길은 로마인들이 군대의 행군을 위해 닦은 길이다. 그들이 전차의 폭에 맞추어 길을 닦았으니, 로마 전차의 폭이 바로 4피트 8.5인치였다는 결론이 나온다. 바퀴 간격을 여기에 맞추지 않으면 바퀴의 수명이 크게 단축되었다.

그런데 아직도 의문이 풀리지 않는다. 로마인들은 왜 전차 바퀴의 간격을 굳이 4피트 8.5인치로 정했던 것일까?

그 이유는 생각 외로 간단하다. 바로 전차를 끄는 말 두 필의 엉덩이 간격을 합치면 4피트 8.5인치였던 것이다.

이렇게 본다면 결국 철로의 폭이 말 두 필의 엉덩이 너비에 의해 결정되었다고 할 수 있다. 하지만 이야기는 여기에서 그치지 않는다.

TV를 통해 미국의 로켓 발사대에 장착된 웅장한 모습의 우주선을 본 적이 있는가. 어느 정도 관찰력을 가진 사람이라면 우주선의 연료통 양쪽에 두 개의 로켓추진기가 달려있는 것을 보았을 것이다. 이 추진기는 티오콜(THIOKOL)이라는 회사가 유타 주에 있는 공장에서 제조하는 것이다. 이 추진기를 설계할 당시 엔지

니어들은 용량을 늘리기 위해 추진기를 조금 더 크게 만들려고 했지만 그럴 수 없었다. 왜냐하면 완성된 추진기를 실어 발사대까지 운반하려면 기차를 이용해야했는데, 중간에 터널이 있었기 때문이다. 추진기가 철로보다 약간 넓은 터널을 통과하자면 철로의 폭 정도로밖에는 만들 수 없다는 결론이었다. 이렇게 본다면 결국 우주선의 크기가 말 두 필의 엉덩이 너비에 의해 결정되었다고 할 수 있다.

오늘날 세계 최첨단 운송 시스템의 설계가 2천 년 전 말 두 필의 엉덩이 너비에 의해 좌우되었다는 말이다. 그런데 정작 말 엉덩이의 너비는 수천 년을 거치고도 여전히 그 너비 그대로 유지되고 있을까?

지금 우리를 둘러싸고 있는 것들 가운데 과연 2천 년 전의 모습을 그대로 지키고 있는 것이 얼마나 될까?

· · ·

산업사회는 직원들이 모두 제시간에 출퇴근할 것을 강요한다. 컨베이어 벨트가 쉬지 않고 돌아가는 공장에서는 모든 직원들이 제자리에 앉은 후에야 생산이 시작될 수 있기 때문이다. 이 요구사항은 영업사원들에게도 물론 일률적으로 적용된다. 하지만 사무실에 단정히 앉아있는 영업사원이 그 어떤 생산력을 발휘할 수 있을까?

"많이 일하고 적게 말하라." "남의 일에 관여하지 말라. 자기 일만 잘하면 된다." 산업화가 세상의 모든 기준을 지배하던 시기에 각 공장의 생산라인마다 걸려있던 표어들이다. 단체의 협동이 가장 중요하게 생각되는 조직 내부에서 대세를 거스르거나 개인적으로 튀는 행동을 하는 것은 거의 독약과도 같은 것이었기 때문이다.

지난 2004년 카타르 축구협회가 브라질 출신의 축구스타인 아일톤 등의 카타르 귀화를 추진하자 국제축구연맹은 비상회의를 소집해 해당 국가에서 2년 이상 거주하지 않은 선수는 귀화한다 해도 A매치에 출전할 수 없다는 새로운 규정을 추가해 카타르의 이런 시도를 사전에 차단한 일이 있었다.

하지만 우리가 매일 하는 일들 가운데 과연 얼마나 많은 일들이 오늘날의 현대 사회에서 이미 의미를 잃었는지 생각해보았는가? 여러 가지 보고서와 회의, 격식, 그리고 업무 방식 등을 모두 포함해서 말이다.

••• 현대 사회를 살고 있는 우리들은 시시때때로 자신을 돌아보아야할 필요가 있다. 지금까지 당연한 것으로 받아들여져 온 인식, 습관, 행동, 방식 등이 이미 오래 전에 우리 앞길을 막는 구태의연한 구습으로 변해버리지 않았는지 곰곰이 짚어보자.

3장

만약 당신의 A현이 끊어졌다면,
다른 세 현을 가지고 곡을 완성하라.

도미와 소라

도미와 소라가 바다 속에서 살고 있었다. 도미는 소라의 단단한 껍데기를 부러워하며 말했다.

"소라야, 정말 멋지구나! 그렇게 단단한 껍데기가 있으니 아무도 널 해치지 못할 거야."

도미의 칭찬에 우쭐해진 소라가 자신의 껍데기를 바라보며 의기양양해 하고 있을 때, 갑자기 어디선가 불쑥 적이 나타났다. 도미가 외쳤다.

"넌 단단한 껍데기가 있지만 난 그렇지 않아. 내겐 큰 두 눈이 전부야. 그러니 적이 어느 방향에서 오는지 재빨리 알아챈 후 반대쪽으로 재빨리 도망치는 게 상책이야."

말이 떨어지기가 무섭게 도미는 '쉭' 하고 헤엄쳐 도망쳐버렸다.

하지만 소라는 여전히 태평했다. 단단한 껍데기가 온몸을 감싸고 있으니 제 아무리 강한 적이라도 자신을 해칠 수는 없을 것이라고 생각했기 때문이다. 소라는 두려울 것이 없다는 표정으로 그 자리에서 가만히 적이 다가오기를 기다렸다.

그런데 아무리 기다려도 적이 공격할 생각을 하지 않자 소라는 그만 깜박 잠이 들고 말았다. 시간이 얼마나 흘렀을까. 문득 잠에서 깬 소라는 주변이 조용한 것을 보고 이제 적이 가버렸다고 생각하고 고개를 껍데기 밖으로 슬그머니 내밀었다. 그런데 이게 웬일인가. 소라가 갑자기 비명을 지르기 시작했다.

"소라 살려! 소라 살려!"

알고 보니 소라가 잠든 사이 이미 수족관으로 옮겨졌던 것이다. 수족관 밖에는 행인들이 지나는 큰길이 보였고, 수족관에는 '소라 1kg ○○원'이라는 종이가 붙어있었다.

마음의 문을 닫아걸고 자기 독선에 빠지면 성장할 수 있는 기회를 놓쳐버리고, 정작 위험에 처했을 때 스스로를 지킬 수 없다.

· · ·

비슷한 이야기가 또 하나 있다. 개구리를 물이 펄펄 끓는 솥 안에 넣으면 개구리는 곧장 밖으로 뛰쳐나온다. 하지만 개구리를 먼저 미지근한 물이 담긴 솥에 넣은 다음 밑바닥에 불을 지펴 물을 서서히 데우면 개구리는 물이 뜨거워지는 것도 눈치 채지 못하고 편안한 물속에서 유유자적 유영한다. 이윽고 물이 뜨거워 고통을 느낀 개구리가 뛰쳐나오려고 할 때는 이미 뒷다리가 도약

할 힘을 잃어 빠져나올 수 없게 된다.

변화가 생겼을 때 사람들은 대부분 부자연스러운 느낌 때문에 스트레스를 받고 때로는 두려움을 느끼기도 한다. 그런데 자신 있게 이야기하지만 그건 바로 자신을 성장시킬 수 있는 소중한 기회이다.

이런 불편함과 스트레스를 감수하고 싶지 않다면 변화를 거부하고 오랫동안 해 와서 이미 습관이 되어버린 방식을 그대로 따르면 된다. 하지만 자신 역시 옛날 그대로의 상태에 머무를 수밖에 없다. 진정으로 성장과 발전을 꿈꾼다면 편안하고 익숙한 곳을 벗어나라. 그럴 경우 일시적으로 안정감을 잃는 것은 감수해야만 한다.

스스로 서툴고 긴장되고 스트레스를 받고 심지어 두려움이 느껴지는 상황에 있다면 그것은 자신이 성장하고 있다는 증거라는 사실을 기억해라.

· · ·

한 여자가 책상에서 일어나 자료 한 부를 복사했다. 그런데 그 짧은 동안에 막 사 온 치즈케이크 위로 개미가 올라가 있었다. 개미가 그녀의 오후 티타임 간식을 망쳐버린 것이었다.

그녀는 치즈크림에 빠져 허우적거리고 있는 개미를 포크로 가만히 들어올리더니 왜 자신의 기분을 망쳐놓았느냐며 나무랐다.

그러자 온통 크림으로 뒤범벅된 개미는 조리 있는 말투로 또박또박 이렇게 대답했다.

"마침 배가 고프던 차에 달콤한 케이크 냄새가 절 이리로 불렀어요. 제가 먹어봐야 얼마나 먹겠어요. 제게 케이크의 한 귀퉁이만 잘라 주세요."

하지만 개미의 말에 그녀는 화가 치밀어 올라 소리쳤다.

"나더러 너 같은 개미 따위와 간식을 나눠먹으라는 거야? 허튼 생각하지 말고 어디 가서 과자부스러기나 찾아 봐!"

하지만 개미는 쉽게 포기하지 않았다.

"아무리 작아도 인격은 있다고요. 그렇게 비굴하게 살고 싶지 않아요. 저도 보란 듯이 출세하고 싶었지만 개미로 태어난 것부터가 불공평한 일이었어요. 전 눈여겨 봐주는 사람이 하나도 없었지만 어영부영 살고 싶지 않아 큰맘 먹고 이렇게 낯설고 위험한 도시로 온 거랍니다."

개미의 애원에 마음이 약해진 여자가 측은한 듯 물었다.

"적응하지 못할까봐 두렵진 않니?"

"일단 부딪혀봐야 어떤지 알 수 있잖아요. 두렵다고 아무 것도 하지 않으면 아무 소용없어요. 인생에는 오로지 한 가지 길밖에 없다고 생각하지는 않아요. 제게도 분명 무한한 가능성이 있을 거라고 믿어요."

여자는 굳게 입을 다문 채 아무 말도 하지 않았다. 갑자기 머릿

속이 복잡해졌다. 그녀는 최근 몇 년간 심한 어려움에 처해있었다. 무엇을 어떻게 해야 하는지는 알고 있었지만, 그걸 정작 실행으로 옮긴 적은 단 한 번도 없었다. 무얼 망설이고 있느냐고 묻는다면 아마도 대답은 '변화하는 것이 두렵기 때문'이었다.

소심하고 겁 많은 사람은 인생의 수많은 즐거움과 아름다움을 포기할 수밖에 없다. 생각을 행동으로 옮기지 않는 한 늘 그 자리에서 맴돌 수밖에 없다. 그러면 더 나빠지지는 않겠지만 지금보다 나아질 가능성은 손톱만큼도 없다.

가만히 생각에 잠겼던 그녀의 눈동자가 갑자기 반짝였다. 그러더니 무언가를 결심한 듯 케이크를 모두 개미에게 내밀었다. 하지만 개미는 그렇게 큰 케이크는 모두 먹을 수 없다며 그녀의 호의를 완곡하게 거절했다.

빙그레 웃는 그녀의 머릿속엔 이미 앞으로의 인생이 그려져 있었다. 이제 온 힘을 다해 행동으로 실천할 차례였다.

••• 자신의 생활을 바꾸고 싶다면 먼저 변해야 한다. 현실을 과감하게 타파하지 못하면 늘 그 자리에 머물러 있을 뿐이다.

유리병

아주 깊은 바다 속에 유리병 하나가 있었다. 그 병 속에는 악마가 갇혀있었다. 오백 년 전에 신이 악마를 그 속에 가두고 바다 밑에 묻어놓았던 것이다.

악마에게는 한 가지 소원이 있었다. 누군가 그 유리병을 주워 병 마개를 열고 자신을 구해주는 것이었다. 그는 자신을 구해주는 사람에게는 황금으로 된 집을 선물하겠다고 맹세했다. 하지만 5백 년이 지나도록 유리병을 건져주는 사람이 단 한 명도 없자 기다림에 지친 악마는 이번에는 저주를 내뱉었다.

"앞으로 날 여기에서 꺼내주는 사람이 있다면 그를 한 입에 삼켜버리고 말겠어!"

얼마 후, 한 젊은 어부가 바다에 그물을 던졌다가 끌어올렸는데, 그물에 아주 낡은 유리병 하나가 걸려 올라왔다. 어부가 무심코 병마개를 열자 갑자기 '펑' 하며 갑자기 검은 연기가 치솟더니 연기가 천천히 악마로 변했다.

"으하하하!"

악마의 웃음소리에 잠잠했던 바다에 거센 파도가 일었다. 악마가 어부를 보며 말했다.

"젊은이가 날 구했군. 원래 날 구하는 사람에게 톡톡히 사례를 할 생각이었지. 하지만 자넨 날 너무 늦게 구했어. 몇 년 전에만 구했더라도 자넨 황금으로 된 집을 얻을 수 있었을 텐데 말이야. 하지만 오백 년을 기다리다 지쳐서 날 구해주는 사람은 누구든 잡아먹기로 했다네."

어부는 속으로 소스라치게 놀랐지만 애써 태연한 척하며 말했다.

"당신이 어떻게 이 작은 병 속에 들어가 있었다는 말이오? 에이, 거짓말 마시오! 그게 사실이라면 다시 한 번 들어가 보시오. 그럼 믿어주지."

"으하하하! 네 얄은 꾀에 내가 속을 줄 아느냐? 아라비안나이트에서 이미 나왔던 고리타분한 수법이 아니냐? 내가 병 속으로 들어가면 잽싸게 마개를 닫을 줄 누가 모를까봐 그러느냐?"

"뭐라고? 당신이 아라비안나이트를 읽었다는 말이오? 아주 박학다식하겠구려. 그럼 소크라테스의 철학서도 읽었소?"

"하하! 그걸 말이라고 하느냐? 오백 년 동안 병 속에 갇혀서 세상의 책이란 책은 모두 다 섭렵했다. 서양의 유명한 책들은 말할 것도 없고, 동양의 사서삼경인 대학과 중용, 논어, 맹자까지 죄다 읽었단 말이다!"

"오, 그렇다면 중국의 사기에 대해서도 조예가 깊으시오? 묵자의 책도 읽어보았소?"

"말도 마라. 지금 당장이라도 줄줄 욀 수 있다."

"그래도 홍루몽 초록본은 읽어보지 못했겠지? 그건 아주 드문 희귀본이니 말이오."

"하하하! 이 애송이 놈이 날 얕잡아 봐도 분수가 있지. 세상에서 유일하게 그 책을 가지고 있는 사람이 바로 나다. 당장 꺼내다가 무식한 네 놈한테 구경이나 시켜줘야겠구나!"

악마는 곧장 연기로 변하더니 다시 유리병 속으로 들어갔고, 어부는 때를 놓치지 않고 잽싸게 병마개를 닫아버렸다.

누구나 자신이 관심 있는 분야에서는 전문가라고 할 수 있다. 그러므로 상대방의 흥미를 유발시키면 지금까지 알지 못했던 새로운 것을 알 수 있을 뿐 아니라, 잘 이용하면 어려운 상황을 의외로 쉽게 해결할 수 있다.

. . .

살면서 다양한 수단과 방법을 이용한다면 어려워보이던 일을 순조롭게 처리하고, 그 과정에서 말로 표현할 수 없는 미묘한 쾌감을 느낄 수 있다.

미국의 초대 대통령 워싱턴이 젊은 시절 잃어버렸던 말을 찾은 일화도 바로 이런 예다.

하루는 워싱턴의 집에서 키우던 말 한 마리가 감쪽같이 사라져 버렸다. 누군가 훔쳐간 것이 분명했다. 워싱턴은 경찰과 함께 온 마을을 뒤진 끝에 한 농장에서 잃어버린 말을 찾을 수 있었다. 그런데 농장주인은 말을 돌려달라는 요구를 일언지하에 거절하며 그 말이 자신의 것이라고 우기는 것이었다. 그러자 워싱턴은 두 손으로 말의 두 눈을 가리고 농장주인에게 말했다.

"만약 이 말이 정말 당신 것이라면 이 말의 어느 쪽 눈이 멀었는지 말해보시오."

"오른쪽이오."

물론 농장주인의 추측이었다. 워싱턴이 말의 오른쪽 눈에서 손을 뗐다. 말의 오른쪽 눈은 멀쩡했다.

"아, 내가 잠시 착각을 했군. 왼쪽 눈이 멀었소."

농장주인이 다급하게 말했다. 워싱턴이 말의 왼쪽 눈에서 손을 뗐다. 눈은 역시 멀쩡했다.

"이런, 또 틀렸군. 다른 말과 헷갈려서 그만…."

농장주인이 궁색한 변명을 늘어놓았다.

"그렇소. 당신이 틀렸소. 이 정도면 이 말이 당신 것이 아니라는 충분한 증거가 되겠군. 어서 말을 돌려주시오."

이처럼 사람의 심리를 잘 간파하면 일을 훨씬 쉽게 해결할 수 있다.

미국 루스벨트 대통령을 직접 만나본 사람들은 하나같이 그의 박식함에 놀라움을 금치 못했다. 어떤 이는 "루스벨트는 상대가 카우보이든 군인이든, 아니면 뉴욕의 정치가이든 외교관이든, 누구든지 간에 그와 어떤 대화를 나누어야 할지 알고 있다."라고 말하기도 했다. 그런데 그는 어떻게 해서 이렇게 많은 분야에 대한 지식을 가질 수 있었을까? 비결은 의외로 간단했다. 누군가를 만나기로 하면 그 전날 밤을 새워서라도 상대방이 흥미를 가지고 있는 주제에 대한 책을 읽었던 것이다. 그가 이렇게 했던 것은 지도자가 사람의 마음을 움직이는 가장 효과적인 방법은 상대의 관심사에 대해 함께 이야기를 나누는 것이라고 생각했기 때문이다.

· · ·

이 방법을 비즈니스에도 응용할 수 있을까? 뉴욕에 두베노이 씨 부자가 경영하는 한 고급 베이커리가 있었다. 두베노이 씨는 뉴욕의 한 유명한 호텔에 빵을 납품하기 위해 무려 4년 동안 하루도 빠뜨리지 않고 그 레스토랑 지배인에게 전화를 걸어 자신의 빵을 설명했고, 지배인이 참석하는 사교모임에도 따라다녔다. 심지어 그 호텔 객실에 투숙해 그를 거의 따라다니다시피 하며 설득했다. 하지만 결과는 모두 실패였다.

그러던 어느 날 두베노이 씨는 처세술에 관한 책을 읽은 후 전략을 바꾸기로 결정했다. 지배인이 가장 좋아하고 열중하는 것이 무엇인지 알아내 그것을 통해 공략하기로 한 것이다.

그는 지배인이 미국 호텔업계 종사자들의 모임에서 활발하게 활동하고 있으며, 얼마 전 그 모임의 회장에 당선되었다는 사실을 그리 어렵지 않게 알아낼 수 있었다. 지배인은 호텔 업계의 회의가 열리는 곳이라면 아무리 멀어도 열 일 제치고 달려가 참석했다.

지배인의 최대 관심사를 알아냈으니 이제 행동에 착수할 단계였다. 그때부터 두베노이 씨는 지배인을 만날 때마다 그가 속한 모임에 대한 이야기로 서두를 시작했다. 과연 그조차도 예상하지 못한 놀라운 효과가 나타났다. 지배인이 그를 대하는 태도가 완전히 달라진 것이다. 지배인은 흥분된 말투로 그가 회장으로 있는 모임에 대한 이야기를 30분이 넘도록 늘어놓았다. 예전의 냉랭한 태도는 찾아볼 수 없었다. 그런 그의 모습에 두베노이 씨는 지배인의 최대 관심사가 바로 그 모임이라는 사실을 확신할 수 있었다. 그 날 지배인의 사무실을 나오는 두베노이 씨의 손에는 그 모임의 가입신청서가 들려있었다.

그리고 그날은 지배인에게 빵에 대한 이야기는 단 한 마디도 꺼내지 않았음에도 불구하고, 며칠 후 그 호텔의 주방장에게서 빵 샘플과 가격표를 보내달라는 전화가 걸려왔다.

주방장은 전화통화에서 두베노이 씨에게 이렇게 말했다.

"당신이 어떤 마법을 사용했는지는 모르겠지만 지배인의 마음을 움직인 건 사실인 것 같소."

무려 4년 동안이나 설득해도 이룰 수 없었던 일이 상대방의 관심사를 알아내고 그것에 대해 이야기를 나누었다는 이유만으로 단번에 해결되다니 정말 놀라운 일이 아닌가.

두베노이 씨는 이렇게 회상했다.

"내가 그의 관심사를 알아내 공략하지 않았더라면 난 아마 지금도 그의 뒤꽁무니를 쫓아 다니고 있을 것이다."

••• 상대가 관심을 가지고 있는 일에 대해 이야기하는 것만으로도 상대로 하여금 자신이 존중받고 있다는 느낌을 갖게 만든다. 또 이것은 사람을 이해하고 유쾌하게 교류하는 한 방식이기도 하다. 사람의 마음을 움직이는 가장 좋은 방법은 바로 상대의 관심사에 대해 이야기하는 것이다.

삶의 목록

같은 시기에 이비인후과 병실에 입원한 두 명의 환자가 있었는데, 모두 코에 종양이 생긴 환자들이었다. 검사 결과를 기다리는 동안, 갑(甲)은 만약 자신이 암에 걸린 것이라면 모든 것을 그만두고 즉시 여행을 떠날 거라며 무엇보다 먼저 티베트에 가고 싶다고 말했다. 을(乙)의 마음도 이와 같았다. 마침내 결과가 나왔다. 갑의 결과는 암이었고 을은 단순한 혹이었다.

갑은 인생을 마무리하기 위한 계획표를 짠 뒤 병원을 떠났고, 을은 치료를 위해 병원에 계속 머물렀다. 갑의 계획표는 이러했다. 티베트와 돈황 석굴 구경하기, 양쯔강 상류에서 하류까지 배 타고 유람하기, 하이난(海南)의 해변에서 야자수를 배경으로 사진 찍기, 하얼빈에서 겨울나기, 다롄(大連)에서 배를 타고 바닷길로 남부로 가기, 천안문에 올라가기, 셰익스피어의 작품 모두 읽기, 책 한권 쓰기 등 모두 27가지였다.

그는 이 '삶의 목록' 뒷장에 이렇게 썼다.

'나에게는 많은 꿈들이 있었는데 어떤 것들은 실현됐고, 어떤 것들은 여러 가지 이유로 실현 되지 못했다. 이제 하나님께서 나에게 준 시간이 얼마 남지 않았다. 후회 없이 이 세상을 떠나기 위해 나는 삶의 마지막 남은 몇 년을 이 27가지 꿈을 실현하는데 쓰려한다.'

그 해에 갑은 회사를 그만두고 티베트와 돈황에 갔다. 다음 해에는 또 놀랄만한 끈기와 강인함으로 성인 교육 시험도 통과했다. 이 기간 동안 그는 천안문에 올랐고, 내몽고의 대초원에 가서 어느 유목민의 집에서 일주일 동안 머무르기도 했다. 지금은 책 한권을 쓰겠다던 목록을 실현하고 있는 중이다.

어느 날, 을은 신문에 실린 갑의 산문 한편을 읽고 병세를 물으러 전화를 했다. 갑은 말했다.

"만약 암이 아니었다면 나의 삶이 얼마나 엉망이 되었을지 정말 상상할 수도 없어. 암은 나를 일깨워 하고 싶던 일을 하게 했고, 실현되길 바라던 꿈이 현실이 되게 했어. 이제야 나는 비로소 무엇이 진정한 삶과 인생인지 느껴. 자네도 잘 지내고 있지?"

을은 아무런 대답도 할 수 없었다. 병원에 있을 때 생각했던 티베트와 돈황에 가겠다는 희망은 자신이 암이 아니라는 판정을 듣는 순간 이미 까맣게 잊어버렸기 때문이다.

이 세상 사람들은 모두 한 가지씩의 암을 앓고 있다. 그것은 바로 누구도 저항할 수 없는 죽음이다. 우리는 암에 걸린 갑처럼 목록을 적지도, 남아있는 모든 것을 버리고 자신이 하고 싶었던 꿈을 실현하러 가지도 않는다. 왜냐하면 우리는 우리가 아직 더 오래 살 수 있을 것이라고 생각하기 때문이다. 그러나 바로 이 작은 시간의 양적인 차이가 우리의 삶을 질적으로 다르게 만든다. 어떤 사람들은 꿈을 현실로 바꾸고, 어떤 사람들은 꿈을 무덤에 가지고 들어가는 것처럼 말이다.

내일은 항상 희망으로 가득 차 있다. 그 어떠한 역경에 빠지든 우리 앞엔 아직도 많은 내일이 있기 때문에 절망할 필요는 없다. 낙관적인 사람은 절망 속에서도 여전히 희망이 가득하고, 비관적인 사람은 희망 속에서도 여전히 절망한다.

· · ·

하나님이 10명의 사람들 앞에 1, 2, 3, 4, 5, 6, 7, 8, 9, 0 이렇게 10개의 숫자를 늘어놓고 말했다.

"모두 이 중 하나씩만 가져가거라."

사람들은 뒤질세라 앞을 다투어 밀려들어서는 9, 8, 7, 6 이렇게 높은 숫자부터 차례대로 집어갔다. 2와 1을 가지고 간 사람은 자신의 운이 나쁘다고 스스로를 책망했다.

그런데 0을 가진 사람만은 기쁜 마음으로 0을 선택했다.

다른 사람들은 그를 바보라고 말했다.

"0을 가져가서 무슨 쓸모가 있겠나?"

모두들 그를 비웃었다.

"0은 아무것도 가지고 있지 않아! 그것으로 무엇을 하려고 하나?"

"0부터 시작하지요!"

그 사람은 이렇게 말하고는, 억척스레 일에 몰두하며 쉴 줄도 모르고 부지런히 일하기 시작했다.

그는 1을 얻었고, 이미 0을 가졌으니 곧 10이 되었다. 또 그가 5를 얻자, 곧 50이 되었다.

그는 열심히 일하며 한 걸음씩 앞으로 나아갔다.

그는 0을 자신이 얻은 숫자 뒤에 붙여 10배씩 늘려가더니, 마침내 가장 부유하고 가장 성공한 사람이 되었다.

왜 당신은 용감하게 꿈을 행동으로 옮길 생각을 못하는가? 이미 늦었다고 느끼기 때문인가, 아니면 실패가 두려워서인가? 조급해하지마라. 지금 시작해도 늦지 않다! 0에서 시작해 자신의 인생을 잘 경영한다면 그 누구보다 많은 것을 얻을 수 있다.

••• 어서 자신의 꿈을 실현하러 가라! 당신의 삶이 암에 걸릴 때까지 기다려선 안 되며, 꿈을 무덤까지 가지고 가는 것은 더더욱 곤란하다.

신발 한 짝

사람은 언제나 무언가를 얻기를 갈망한다. 지금보다 더 많이 가진다면 더 행복할 것이라고 착각한다. 하지만 어느 날 갑자기 우울함과 무료함, 곤혹스러움, 그리고 모든 불쾌함이 무언가를 갖고 싶어 하는 욕망에서 비롯된다는 사실을 발견하곤 한다. 우리가 행복하지 않은 것은 너무 많은 것을 가지고 싶어 하거나, 또 어떤 것에 너무 집착하기 때문이다.

누군가를 사랑하지만 그 사람은 자신을 사랑하지 않을 경우, 그의 세상은 상대를 향한 감정 속에 꽁꽁 묶여 상대의 일거수일투족에 온통 주의력을 집중해버린다. 상대의 사소한 몸짓 하나하나가 그를 웃고 울리는 것이다. 또 때로는 자신의 것이 아니라는 것을 잘 알면서도 억지로 가지려고 하거나 맹목적인 자신감에 휩싸인다면 아무리 노력해도 돌아오는 것은 좌절뿐일 것이다. 인연이 닿는다면, 혹은 기회가 된다면 자연스럽게 자신에게 올 것이라는 느긋한 마음으로 즐기고, 얻을 수 없다면 포기해야 한다.

포기도 일종의 즐거움이다. 헛된 집착을 등에 지고 사는 것은 고달프다는 사실을 깨달아라.

사람은 살아가면서 시시때때로 취할 것인지 버릴 것인지의 선택의 기로에 서게 된다. 그런데 대부분의 사람들은 가지기만을 원할 뿐 버리고 포기하는 것은 고려하지 않는다. 포기의 진정한 의미를 이해하는 것, 다시 말해 잃음으로 인해 얻을 수 있는 것과 가짐으로 인해 잃어야 하는 것들을 이해해야 한다. 세상 모든 것들을 의연하게 대하고 드넓은 세상의 경지를 경험한다면 적당한 때에 포기하는 법을 배우게 되고, 그래야만 비로소 내면의 평정과 행복을 얻을 수 있다. 때로는 생계를 위해 권력을 사용하고, 기회를 포기하고, 또 심지어는 사랑을 버려야 할 때도 있다. 가지고 싶은 것을 모두 가질 수 없기 때문에 포기하는 법을 배워야만 한다. 포기함으로써 남들에게 대범하다는 인상을 줄 수 있고, 냉철한 이성을 유지할 수 있으며 더 지혜롭고 강인해질 수 있다.

그렇다면 어떤 것을 포기해야 할까? 실연에 뒤따라오는 고통, 굴욕감 뒤에 남는 원한, 겉으로 말하기 힘든 부담감, 그리고 정력만 소비시키는 무의미한 다툼, 재물에 대한 탐욕, 끝없는 해석, 권력을 손에 넣기 위한 투쟁, 명리를 위한 경쟁, 이기심에서 나오는 이 모든 욕망과 고집들은 반드시 포기해야만 한다.

하지만 포기가 말처럼 쉬운 일은 아니다. 엄청난 용기가 필요한 것이다. 불가능한 모든 일을 과감히 포기하는 것은 현명한 선택이다. 아무 망설임도 없이 포기해야만 가벼운 마음으로 새로운 생활을 시작하고 새로운 전기를 발견할 수 있다.

포기란 인생에서 반드시 필요하다. 세상에서 '얻음'과 '잃음'은 나란히 같이 다니기 때문에 포기해야만 비로소 얻을 수 있다. 사람의 인생은 포기와 획득이 함께 어우러진 것이기 때문에 불필요한 명리를 포기해야만 인생의 목표에 도달할 수 있다.

포기란 일종의 취사선택이기도 하다. 약점을 버리고 장점을 선택할 줄 아는 지혜를 발휘해야 한다. 옛말에 '한 걸음 물러서서 바라보면, 더 넓은 하늘을 볼 수 있다.'라고 했다.

인류의 기나긴 역사에 비교하면 인생은 아주 짧다. 세상의 모든 은혜와 원한, 성공과 이익은 순간에 지나지 않는다. 복과 화는 언제나 함께 오며 성공과 좌절은 인생의 짧은 한 순간일 뿐이다.

• • •

한 노인이 달리는 기차에서 산지 얼마 되지 않은 신발을 실수로 밖으로 떨어뜨렸다. 주위의 모든 사람들이 신발을 아까워하고 있을 때, 노인이 갑자기 다른 쪽 발에 신었던 신발까지 벗어서 창밖으로 던지는 것이 아닌가. 놀란 사람들이 이유를 묻자 노인은 담담한 말투로 이렇게 말했다.

"저 신발이 아무리 비싼 것이라고 해도 한 짝 만으로는 소용이 없는 것 아니오? 하지만 신발을 두 짝 다 버리면 누군가 주워 요긴하게 신을 수도 있지 않겠소?"

노인은 잃어버린 것을 안타까워하느니 과감하게 포기하는 편을 택한 것이다. 중요한 것을 잃으면 심리적으로 위축되고 안타까워하기 마련이다. 그 이유는 잃은 것을 받아들이지 못하고 계속 집착하기 때문이다. 이미 존재하지 않는 것에 대해 미련을 버리지 못하면 자신만 힘들어질 뿐이다. 잃어버린 것 때문에 고민하는 것보다 현실을 직시하고, 관점을 달리해 내가 잃음으로 인해 남이 얻을 것이라고 생각한다면 자연히 마음이 편안해질 수 있다.

때로는 잃는 것이 반드시 가슴 아픈 일이 아닌, 오히려 아름다운 일이 될 수도 있다. 잃는 것은 손실이지만 때로는 헌신이 될 수도 있다. 낙관적인 마음가짐을 유지한다면 잃는 것도 소중하게 느껴질 것이다.

••• 포기는 일종의 지혜이다. 포기함으로써 마음의 자유를 얻고 인간의 본성으로 돌아가 인생을 즐길 수 있기 때문이다. 포기란 일종의 선택이다. 현명하게 포기하지 않으면 위대한 선택도 있을 수 없다. 일보 전진과 일보 후퇴에 일희일비하지 말고 낙관적으로 생각해야만 밝은 미래를 얻을 수 있다. 포기란 결코 주관을 잃는 것이 아니다. 어려움을 알고 미리 뒷걸음질치는 것도 아니다. 그것은 적극적인 선택이자 인생을 대하는 진취적인 태도이다.

꿀벌과 파리

꿀벌 여섯 마리와 파리 여섯 마리를 한 유리병에 담아 놓고 병을 가로로 눕힌 후 병의 아랫부분을 환한 창 쪽으로 향하게 해놓으면 병 속에서 어떤 일이 벌어질까?

꿀벌들은 병의 아랫부분에서 출구를 찾기 위해 윙윙거리며 날아다니다가 병에 부딪혀 죽거나 굶어 죽지만, 파리들은 채 1분도 지나지 않아 병의 주둥이를 통해 밖으로 빠져나온다. 이것은 꿀벌이 밝은 곳을 좋아하기 때문이다. 밝은 빛을 좋아하는 습성이 꿀벌들을 죽음으로 몰아넣은 것이다.

꿀벌들은 통제된 공간에서 출구는 늘 밝은 쪽에 있다고 여기기 때문에 이 논리에 따라 행동한다. 꿀벌들에게 있어 유리는 초자연적인 물건이다. 그들이 아는 세계에는 보이지도 않으면서 뚫을 수 없는 것이란 존재하지 않는다. 지능이 높은 꿀벌일수록 이 이상한 장애물이 점점 더 이해할 수 없는 물건으로 느껴질 것이다.

그러나 꿀벌들보다 지능이 낮은 파리는 사물의 일정한 논리와 대자연의 섭리에 큰 주의를 기울이지 않기 때문에 밝은 곳이든 어두운 곳이든 마구잡이로 날아다니다가 운 좋게 출구를 찾아 밖으로 빠져나온다.

이렇게 생각이 단순한 사람들은 똑똑한 사람들을 몰락시키는 환경 속에서도 살아남을 수 있다.

이 이야기는 지어낸 우화가 아니다. 미국의 미시건 대학교에서 실제로 행해진 실험을 결과이다.

실험을 주도했던 베이크 박사는 이 실험을 토대로 이런 논리를 도출해냈다.

"모험과 끊임없는 도전, 시행착오, 즉흥적인 시도, 지름길, 우회적인 전진, 혼란, 임기응변 등 이 모든 것들이 변화에 적응하는 비결이다."

성공적인 시도는 언제나 실험과 임기응변의 결과이다. 고정관념과 경직된 상황을 탈피해 자유롭고 개방적인 두뇌를 유지하는 것은 훌륭한 경영자가 반드시 갖추어야 할 덕목이기도 하다. IDEO는 세계에서 가장 훌륭한 디자인회사 중 하나이다. IDEO의 사장인 토머스 켈리는 "IDEO는 생동감 넘치는 실험실이며, 항상 실험이 진행된다. 우리의 프로젝트와 업무환경, 그리고 기업문화는 새로운 시도가 넘쳐난다."라고 말했다.

또 그는 "내가 대기업들을 보며 깨달은 가장 중요한 일은, 모든 사람들이 규율을 준수할 때 창의력은 점점 고갈되어버린다는 사실이다."라고 강조했다. 여기에서 규율이란 바로 유리병 속의 꿀벌들이 끝까지 포기하지 않았던 '논리'이다. 하지만 이 논리를 고수한 결과는 '죽음'이었다. 토머스 켈리는 대기업들의 여러 사례를 바탕으로 어떻게 하면 활력과 창의성을 잃지 않을 수 있을지 연구했다.

모호하고 불확실한 관리, 그리고 변화를 거부하는 정체성이 이미 기업들의 고질적인 문제로 대두된 상황에서 그 비결을 연구하는 것은 매우 시급했다. 이미 수많은 기업들이 조직구성도를 발표하지 않고 있다. 얼마 되지 않아 곧 시대의 조류에 뒤처져버리기 때문이다. 과학기술의 빠른 발전으로 인해 일부 하이테크를 기반으로 하고 있는 기업들은 단지 몇 개월 앞을 내다보는 기술예측은 시간낭비일 뿐이다. 카오스 이론에 대해 조금이라도 알고 있는 사람이라면 세상 모든 것이 한 치 앞도 예측하기 힘들다는 사실을 알 것이다. 과거의 기업들이 유유자적 바다 위를 떠나기는 호화 유람선과 같았다면, 지금의 기업들은 거센 풍랑 위에 떠있는 외로운 돛단배와 같다.

그렇다고 세상을 너무 비관적으로 대할 필요는 없다. 베이크박사는 불확실성에 대처하는 방법은 유리병 속의 파리처럼 순간순간 사물에 적응하는 유연함이라고 결론지었다. 복잡한 세상에서 살아남기 위해 필요한 것은 틀에 박힌 고루한 지혜가 아니라 임기응변에 능한 지혜라는 사실이다.

인디언들은 사슴 뼈를 태워 사냥을 나갈 방향을 결정했다고 한다. 이 방법은 원시적인 것 같지만 사실은 이것이야말로 진정한 지혜이다. 인디언들은 수천 년 동안 사냥을 해오면서 사냥감과 사냥감의 이동노선, 날씨와 지형 등에 대한 풍부한 노하우를 축적했다. 일반적인 경우에는 인디언들도 경험이 가장 풍부한 사람의 의견에 따라 사냥의 방향을 판단했을 것이다. 하지만 외부 환경의 변수와 기타 특수한 상황이 발생하면 인디언들은 경험보다는 비논리적인 '주술'로써 상황을 타개했다. 현대적인 논리로 보면 황당무계하기 이를 데 없는 방법이지만, 인디언들은 이 방법으로 경험을 초월하는 새로운 지혜를 얻고 결국 사냥에 성공할 수 있었다. 주술은 고정적인 사냥 방식을 초월한 변수이다. 따라서 주술을 사용하면 사냥도 그만큼 융통성을 가지게 되고, 경험에만 의존한 틀에 박힌 사냥에 융통성을 부여하게 되므로 소위 '성공한 경험에 사로잡혀 행하게 되는 오류'를 피할 수 있는 것이다. 지혜로운 사람들이 오히려 꿀벌처럼 경험에 사로잡혀 스스로를 사지로 몰아가곤 한다.

••• 오래된 틀과 과거의 경험에 사로잡혀서는 안 된다. 시시각각 변화하는 세상에서는 혼란스러워 보이는 행동이 정체된 질서보다 나을 수 있다.

물을 긷는 중

두 스님이 두 산에 각각 암자를 짓고 살고 있었다. 두 산 사이에는 작은 시내가 있었다. 두 스님은 매일 같은 시각에 이곳으로 물을 길러 왔다가 만나곤 했다. 그렇게 하루 이틀 지나다보니 둘은 친한 벗이 되었다. 둘이 매일 같은 시간에 만나 물을 길은 지도 어언 3년이 흘렀다.

그런데 어느 날 갑자기 왼쪽 산에 사는 스님이 물을 길으러 오지 않는 것이었다. 오른쪽 산의 스님은 이상한 예감이 들었지만 그저 늦잠이 자고 있으려니 생각했다. 다음날, 그 다음날이 지나도 왼쪽 산의 스님은 여전히 모습을 드러내지 않았다. 그렇게 일주일이 지나도록 나타나지 않자 오른쪽 산의 스님은 초조함을 참을 수 없었다.

"이 친구가 병이 난 것이 분명해. 가서 병간호라도 해줘야겠어."

오른쪽 산의 스님은 친구를 찾아 왼쪽 산을 올랐다.

암자에 거의 다다랐을 때쯤 오른쪽 산의 스님은 깜짝 놀라고 말았다. 왼쪽 산의 스님이 암자 앞에서 태연하게 태극권을 연마하고 있는 것이 아닌가. 일주일 동안 물을 마시지 못한 사람이라고는 생각할 수 없을 정도로 건강한 모습이었다. 오른쪽 산의 스님이 물었다.

"일주일이 다 되도록 물 한 번 길으러 오지 않더군. 자네는 물을 마시지 않고도 괜찮은가?"

왼쪽 산의 스님이 대답했다.

"이리 와보게. 자네에게 보여줄 것이 있다네."

왼쪽 산의 스님은 오른쪽 산의 스님을 데리고 암자 뒤뜰로 갔다. 거기에는 우물이 하나 있었다. 스님은 우물을 가리키며 말했다.

"내가 3년 동안 애를 쓴 끝에 드디어 우물을 만들지 않았는가. 그동안 땅을 조금씩 파내려 갔지. 그랬더니 부처님의 은덕인지 과연 수맥이 있지 않겠나. 우물이 생겼는데 더 이상 물을 길으러 산을 내려갈 필요가 없지 않은가. 그 대신 내가 좋아하는 태극권을 실컷 연마할 수 있었지."

일을 하고 보수를 받는 것은 물을 긷는 것과 같다. 퇴근 후의 자투리 시간을 이용해 자기계발에 투자한다면 자기만의 우물을 만드는 것이나 마찬가지다. 비록 지금 당장은 힘이 들고 피곤하겠지만 그것이 쌓이면 직접 물을 긷지 않아도 풍족하게 물을 마실 수 있다.

한 시골마을에 세 가구가 살고 있었다. 그들의 집은 모두 옹기종기 모여 있었고, 남편들은 모두 같은 대장간에서 일을 했다.

대장간 일은 매우 힘들고 보수도 얼마 되지 않았다. 하루 일을 마치면 한 명은 시내로 가서 인력거를 끌었고, 다른 한 명은 고장난 자전거를 고쳐주는 일을, 나머지 한 명은 집에 틀어박혀 책을 읽었다. 그렇게 몇 년이 지나자 인력거를 끌었던 사람이 가장 많은 돈을 벌었고, 자전거 수리하는 일을 한 사람도 적잖은 돈을 모아 가계에 톡톡히 보탬이 될 수 있었다. 유독 집에서 책을 읽었던 사람만 과외의 수입이 없어 여전히 생활이 곤궁했다.

그러던 어느 날, 세 사람이 각자의 소망에 대해 이야기하게 되었다. 인력거를 끄는 사람은 자신의 일에 매우 만족하기 때문에 다른 소원은 없다고 했고, 자전거를 수리하는 사람은 도시에 가서 자전거 수리점을 내고 싶다고 했다. 하지만 책을 읽은 사람은 한참을 곰곰이 생각한 끝에 입을 열더니 훗날 자신의 이름을 걸고 출판사를 내고 싶다는 것이었다. 나머지 두 명은 물론 그 말을 믿지 않았다.

5년 후 그들은 역시 똑같은 생활을 하고 있었다. 그리고 10년 후, 자전거 수리를 하던 사람은 자신의 소원대로 도시에 자전거 수리점을 개업했지만, 인력거를 끄는 사람은 여전히 대장간 일을 마치면 시내로 가서 인력거를 끌었다. 15년 후, 책 읽기를 좋아하던 사람은 드디어 발표한 작품이 인정을 받아 도시에 있는 한 출판사의 편집장으로 일하게 되었다.

우리는 매일 달력을 한 장씩 뜯어가며 생활한다. 어느 날 얇아진 달력을 보며 세월의 빠름을 새삼 느끼고 놀라곤 한다. 수십 년 동안 뜯어낸 일력을 한데 모으면 그것이 바로 한 사람의 인생이자 역사가 된다. 그렇게 생각하면 하루하루 달력을 뜯는 일이 결코 작은 일이 아닌 셈이다.

볼테르는 풍자소설 《캉디드》에서 "세상에서 가장 길고도 짧은 것, 잘게 쪼갤 수도 있지만 길게 이을 수도 있는 것, 가장 소홀히 하기 쉬우면서도 가장 아까운 것, 또 그것이 없으면 아무 것도 할 수 없는 것, 모든 것을 사라지게 만들 수 있는 것, 모든 위대한 것들의 생명을 영원하게 만들 수 있는 것, 이것은 과연 무엇일까?"라고 자문한다.

그리고 캉디드는 이렇게 대답한다. "세상에서 가장 긴 것은 시간이다. 시간만큼 써도 써도 영원한 것은 없다. 세상에서 가장 짧은 것도 역시 시간이다. 사람들의 계획은 언제나 제 시간에 맞추어 완성되는 일이 없기 때문이다. 무언가를 기다리는 사람들에게는 시간이 가장 더디게 느껴지고, 즐거운 일을 하고 있는 사람들은 시간이 가장 빠르다고 느낀다. 시간은 무한대로 확장될 수 있지만, 아주 잘게 쪼갤 수도 있고, 누구도 중요하게 생각하지 않았던 시간이 지나고 나면 너무도 아쉽게 느껴진다. 시간이 없으면 그 어떤 것도 이루어질 수 없고, 가치 없는 것들은 시간에 의해 사라져버리지만, 위대한 것들은 시간 속에 고정되어 영원히 사라지지 않는다."

시간이 있으면 모든 것을 얻을 수 있다. 매 시간, 매 분을 충분히 이용하면 상상을 초월하는 수확을 얻을 수 있다. 사람들이여 시간을 소중히 여기라!

••• 시간은 무한하지만 아쉽게도 우리의 생명은 유한하다. 정해진 생명 속에서 남들보다 시간을 길게 사용할 수 있는 사람은 남들보다 더 많은 자산을 가진 셈이다. 모든 위대한 사람들이 높은 경지에 다다를 수 있었던 것도 하루아침에 이루어진 것이 아니라 남들이 편히 자고 있는 밤에 홀로 분투한 결과이다.

"조심하세요. 경찰이 있습니다."

'고객은 왕이다.' 이 말은 왕을 대하듯 공손하게 고객에게 서비스해야 한다는 말이다. 하지만 이것은 생존경쟁에서 살아남기 위한 방법이지 결코 인간의 본성은 아니다. 질 좋은 서비스가 없이는 고객을 불러들일 수 없고, 고객이 없는 상점이나 회사는 생존할 수 없다. 특히 미국과 같은 경쟁이 치열한 나라에서는 상점마다 고객을 끌기 위해 온갖 수단과 방법을 가리지 않는다.

미국의 상점들은 어떤 상품이든 구매한지 60일 이내에는 환불할 수 있다. 심지어 일부 장기여행자들은 집을 빌린 다음 TV와 오디오, 가구, 주방용품 등 각종 가재도구를 구입한 후 한 달 남짓 사용하다가 여행이 끝날 때쯤 한꺼번에 트럭에 실어다가 환불하곤 한다. 그래도 상점은 두 말 하지 않고 고스란히 환불해주기 때문에 결국 한 달 동안 무료로 사용한 셈이 된다. 상점 주인이 환불 이유를 묻는다 해도 그저 "마음에 들지 않아요."라는 한 마디면 그만이지만, 사실 이유를 묻는 상점도 거의 없다.

. . .

한 남자가 일본산 카메라를 700여 달러를 주고 구입했다. 그런데 그의 부주의로 인한 고장 때문인지 아니면 기계적인 문제인지는 몰라도 찍는 사진마다 모두 화질이 선명하지 않은 것이었다. 그 후 10달이 지난 후 여행을 하면서 그 카메라로 사진을 찍었지만 역시 모두 희미한 사진들뿐이었다. 화가 난 남자는 카메라를 샀던 상점에 가서 환불을 요구했고, 상점 주인은 아무런 이유도 묻지 않고 그 자리에서 환불해주었다. 이런 경우는 아주 흔하게 볼 수 있다.

K-MART에서 한 노부인이 쓴 지 오래되어 이미 낡아버린 가위를 가지고 와서 환불을 요구한 적도 있었다. 노부인은 그 가위를 산 지 20년이 되었는데, 구입 당시 20년 후에도 영수증과 제품보증서만 있다면 샀던 금액 그대로 환불해주고, 또 새 가위를 주겠다고 했다며 당시 구입 금액인 2달러를 돌려달라는 것이었다. 그러자 지배인은 노부인이 제시한 영수증이 가위를 샀던 영수증이 아니라는 것을 알면서도 노부인의 요구대로 2달러와 함께 새 가위를 주었다.

한번은 이런 경우도 있었다. 하버드대학에 다니는 밥은 전형적인 영국계 귀족이어서 무슨 일을 하든 느긋함과 매너를 잃지 않았지만 치명적인 버릇이 하나 있었다. 바로 과속을 하는 습관이었다. 스피드광인 그는 운전대만 잡으면 속도규정 같은 건 아랑곳하지 않고 무조건 과속을 했기 때문에 법규를 어겨 딱지를 떼기 일쑤였다. 고민 끝에 밥은 근처에 경찰차나 과속단속기가 있을 경우 미리 경보음이 울리는 감시기를 사서 자동차에 장착했다. 감시기에는 모두 6개의 레이더가 달려있어 전후방과 양쪽 측면은 물론, 공중에서 순찰 중인 경찰 헬리콥터가 있는지도 감지할 수 있었다. 일단 이 감시기에 경찰이 사용하는 레이더 주파수가 잡히기만 하면 감시기에서 "조심하세요. 경찰이 있습니다."라는 경보음이 울렸다. 밥은 이 감시기를 장착한 덕분에 몇 년 동안 경찰의 단속을 피할 수 있었다.

그러던 어느 날, 가족들과 휴가를 떠나던 밥은 도로가 한산한 것을 보고 또 다시 가속페달을 마음껏 밟으며 스피드를 만끽했다. 그런데 한 작은 마을을 지날 때쯤, 제한속도 60킬로미터의 도로에서 무려 120킬로미터로 달리고 있는데 경찰차가 사이렌을 울리며 뒤를 쫓아오는 것이었다. 경찰차를 발견한 밥은 서둘러 자동차를 길가에 세웠다. 경찰이 다가와 말했다.

"속도를 위반하셨습니다."

하지만 밥에게도 믿는 구석이 있었다. 그의 레이더감지기가 경보음을 울리지 않은 것을 보면 경찰이 속도측정기를 작동시키지 않았다는 것을 의미했다. 경찰은 그저 육안으로만 과속이라고 판단한 것이고, 그러면 그가 과속을 했다는 증거는 전혀 없을 것이었다. 밥이 물었다.

"제가 시속 몇 킬로미터로 달렸죠?"

"122킬로미터입니다."

"속도측정기의 기록을 제게 보여줄 수 있습니까?"

밥이 미심쩍은 듯 물었다.

"물론입니다."

경찰은 밥을 데리고 경찰차로 가더니 그에게 측정된 기록을 보여주었다. '122km'라는 숫자가 정확히 찍혀있었다.

하지만 밥은 이상한 느낌을 지울 수 없었다. 감지기에서 아무런 소리도 나지 않았는데 어떻게 단속에 잡힌 것일까? 하지만 증거가 있는 이상 발뺌할 도리가 없었기에 벌금영수증을 받을 수밖에 없었다. 벌금영수증을 받아보니 벌금이 무려 600달러나 되었다. 그 지역의 과속범칙금은 제한속도를 1킬로미터 초과할 때마다 10달러씩 가산된다는 규정이 있었다. 비싼 벌금을 물게 된 밥은 속이 부글부글 끓었지만 제대로 작동하지 않은 감지기를 탓할 수밖에는 별 다른 도리가 없었다.

밥은 여행에서 돌아오자마자 감지기를 구입했던 상점으로 달려가서 상점 주인에게 따졌다.

"이 감지기만 있으면 미국 어느 곳을 가도 단속에 걸리지 않을 거라고 했죠? 그런데 이번에 경찰의 과속 단속에 걸렸단 말입니다. 어떻게 할 겁니까?"

상점 주인이 고개를 갸웃거리며 말했다.

"그럴 리가 없습니다. 제가 이걸 수만 대나 팔았는데 단 한 번도 그런 경우는 없었습니다. 감지기가 고장 난 것이 분명합니다.

"구입할 때 5년간 아무 문제가 없을 것이라고 장담하지 않았습니까? 아직 5년이 지나지 않았으니 만약 고장이 났다면 내 대신 과속 범칙금을 내시오."

상점 주인이 감지기를 검사했지만 기계에는 아무런 문제가 없었다. 기계에 문제가 없는 것을 확인한 주인은 태도가 강경해졌다.

"손님이 자동차를 너무 세게 운전하는 바람에 감지기에서 나는 경보음을 듣지 못한 것이 분명합니다. 이 감지기의 주파수는 미국 전역의 경찰이 사용하는 레이더 주파수에 맞춰져있기 때문에 착오가 생길 리 없습니다. 기계에는 전혀 문제가 없습니다."

주인의 말을 수긍할 수 없었던 밥은 홧김에 주인을 법원에 고소해버렸다.

석 달 후, 밥은 재판에서 승소했다. 그 이유는 매우 간단했다. 상점에서 판매한 제품의 성능이 표시된 것에 못 미치기 때문에 사기 행위라는 판결이었다. 그 덕분에 밥은 감지기 구입비용과 과속 범칙금을 고스란히 되돌려 받았을 뿐 아니라, 상점 주인으로부터 2만 달러의 손해배상금까지 받게 되었다.

하지만 이번에는 상점 주인이 재판의 판결을 받아들일 수 없었다. 똑같은 감지기를 수만 대나 판매했지만 아직까지 이런 경우는 단 한 번도 없었던 것이다. 그래서 그는 사설탐정을 고용해 밥의 과속 단속 사건을 조사하기로 했다.

얼마 후 사설탐정으로부터 조사결과를 통보받았다. 알고 보니 그 마을의 경찰은 일본에서 수입한 속도측정기를 사용했기 때문에 정부에서 규정한 레이더 주파수를 사용하지 않았던 것이다. 그러니 밥의 감지기가 작동할 리 없었다. 억울한 생각이 든 주인은 홧김에 변호사를 찾아가 그 마을의 경찰서를 상대로 소송을 제기했다.

그리고 2년여에 걸친 긴 재판 끝에 법원은 상점 주인의 손을 들어주었다. 이유는 바로 경찰이 적법하지 않은 장비를 사용해서 행사한 권력은 합법적인 권력이 아니라는 것이었다. 하지만 그 판결로 경찰서에 비상이 걸렸다. 판결대로라면 그 경찰서에서 적발한 속도위반은 모두 무효가 되어 이미 납부된 범칙금을 전액 환불해주는 것은 물론 배상금에 이자까지 물어주어야 했기 때문이다. 결국 2만 건이 넘는 과속단속 건에 대해 1건당 1천 달러가 넘는 돈을 지불해야 했으니, 총 2천 만 달러가 넘는 손실을 안게 된 것이다. 한 해 전체 예산이 수백만 달러에 불과한 경찰서에서 이런 어마어마한 돈을 어떻게 감당할 수 있단 말인가.

결국 얼마 후 경찰서는 법원에 파산신청을 했고, 배상금으로

인해 그 도시 시민들의 세금부담이 늘어나 경찰서장은 물론 시장
까지도 시민들의 요구에 의해 불명예 퇴진을 하게 되었다.

••• '고객은 왕이다.' 이 말은 회사의 신용도를 높일 수 있는 비결이기
도 하지만, 때로는 회사를 파산으로 이끄는 지름길이 되기도 한다. "왕
들이여, 손 안의 권력을 휘두르는데 신중할지어다!"

창문과 거울

"돈은 어떻게 버는 것이라고 생각하느냐?"

한 아버지가 아들에게 이렇게 물었다.

갑작스런 질문에 아들이 주섬주섬 생각나는 대로 대답했지만 아버지를 만족시킬 수는 없었다. 그러자 아버지는 아들에게 한 가지 이야기를 들려주었다.

. . .

게으르고 먹는 것만 밝히는 한 아이가 있었다. 아이의 아버지는 나쁜 버릇을 고치기 위해 쉴 새 없이 잔소리를 했지만 아이의 행동은 조금도 달라지지 않았다. 아버지는 그런 아들이 집안의 값나가는 물건들을 몰래 훔쳐다 팔까봐 걱정하면서 그런 근심을 하는 자신이 처량하게 느껴졌다. 하지만 이상하게도 아들은 게으르고 먹을 것만 밝히는 버릇은 고쳐지지 않았지만, 돈을 훔치거나 물건을 훔치는 일은 단 한 번도 저지르지 않았다. 아들이 쓰는 돈은 모두 자기 딴에는 정당한 방법을 통해 얻은 것이었다. 술을 사오라고 심부름을 시키면 술을 조금 덜 사고 돈을 남겨서 그 돈으로 자신이 먹고 싶은 것을 사는 식이었다. 소금을 사오라고 시키든 기름을 사오라고 시키든 모두 마찬가지였다.

아버지는 아이의 나쁜 습관이 더 심각해지지 않도록 그가 할 수 있는 일을 시키기로 마음먹었다. 하지만 아버지가 아무리 일을 시켜도 아들은 아버지의 말은 듣는 둥 마는 둥 흘려버릴 뿐 고치려는 노력을 전혀 하지 않았다.

한번은 참다못한 아버지가 버럭 화를 내며 아들에게 1전을 던져주며 기름을 사오라고 시켰다. 1전밖에 안 되는 돈으로 무얼 할 수 있겠느냐는 생각이었다.

아들은 기름병을 들고 상점에 가서 기름을 달라고 했다. 주인이 병에 기름을 가득 담아 건네며 돈을 달라고 손을 내밀었다. 그러자 아들은 돈을 찾는 듯 주머니를 뒤적이더니 갑자기 얼굴을 찡그리며 오는 길에 돈을 잃어버렸다고 하는 것이었다. 상점 주인은 어쩔 수 없이 병에 넣었던 기름을 도로 쏟아내고는 빈 병을 아들에게 돌려주었다.

아들은 입에 사탕을 문 채, 손에는 빈 기름병을 들고 희희낙락하며 집으로 돌아왔다. 빈 병만 덜렁거리며 대문을 들어서는 아들을 보고 아버지가 대뜸 소리쳤다.

"기름은 어디에 있느냐?"

아들이 기름병을 불쑥 내밀었다. 병 안에는 상점주인이 기름을 쏟아낼 때 묻었던 약간의 기름이 바닥에 고여 있었다. 겨우 작은 숟가락으로 한 스푼 정도 될까 말까한 양이었다.

화가 머리끝까지 난 아버지가 "이렇게 적은 기름을 뭐에다 쓰겠느냐?"라고 소리치자 아들은 천연덕스럽게 이렇게 대답했다.

"1전으로는 이것밖에 살 수가 없었어요."

• • •

이야기를 끝낸 아버지가 잔뜩 기대 섞인 눈빛으로 아들을 바라보았다. 곰곰이 무언가를 생각하던 아들이 드디어 입을 열었다.

"그 아들은 사업가로서는 치명적인 약점을 가지고 있지만, 사업수완만은 탁월하네요."

아버지는 흐뭇한 미소와 함께 고개를 끄덕이며 이렇게 말했다.

"그래, 돈은 이렇게 벌어서 이렇게 쓰는 것이란다."

돈은 어떻게 오는 것일까? 누구나 돈을 버는 방법에 대해서는 관심이 많지만 돈이 어디로 어떻게 오는지에 대해서는 진지하게 생각하지 않는 듯 하다. 비즈니스의 본질은 바로 이런 것이다. 이익을 낼 수 있을 때 그것을 손에 넣는 것은 누구나 할 수 있다. 하지만 이익을 낼 수 없는 상황에서 손실과 이익의 균형점을 유지하는 것은 쉬운 일이 아니다.

현대 사회에서는 무엇을 하든 반드시 돈이 필요하다. 지출이 수입보다 적어야 한다는 것은 생활의 중요한 원칙이다. 우리는 정당한 방법으로 돈을 벌고, 또 그것을 아껴 쓸 줄 알아야 한다. 물질에 대한 욕구는 아무리 채워도 다 채울 수 없는 것이다. 욕심과 허영을 부리지 않는다면 생활은 저절로 여유롭고 편안해질 것이다.

· · ·

유태인들 사이에서 예로부터 전해 내려오는 다음과 같은 이야기가 있다.

돈이 아주 많고 인색하기 이를 데 없는 구두쇠가 있었다. 하루는 그가 랍비를 찾아가 복을 내려줄 것을 부탁했다. 랍비는 그를 창문 앞에 앉도록 한 후 밖을 보라고 했다. 랍비가 물었다.

"무엇이 보입니까?"

"사람들이 보입니다."

랍비는 다시 그를 거울 앞으로 데려가 물었다.

"무엇이 보입니까?"

"제가 보입니다."

랍비가 말했다.

"창과 거울은 모두 유리로 만들어졌죠. 거울은 뒷면이 은색으로 도금이 되어있다는 사실만 다를 뿐입니다. 그냥 유리는 우리

에게 다른 사람을 보여주지만, 은으로 도금된 유리는 우리에게
자기 자신을 보여줍니다."

••• 재물로 행복을 가늠하지 마라. 진정한 행복은 비단 옷과 귀한 음식
이 아니라 마음의 여유와 그 어떤 것에도 얽매이지 않는 즐거움이다.
돈을 좋아하는 사람은 돈의 노예가 되지 않을 수 없다. 돈이 생기고 나
면 이미 가지고 있는 돈을 지키고, 또 더 많은 돈을 모으기 위해 노심초
사한다. 큰 사업을 하고 있는 사람일수록 걱정거리가 많아 마음의 여유
를 찾기가 힘든 법이다.

완벽함을 거부하라

　한쪽 귀퉁이가 떨어져나간 동그라미가 있었다. 동그라미는 떨어져나간 조각을 찾아 완전한 모습을 되찾기 위해 이곳저곳을 헤맸다. 하지만 동그랗지 않은 모습 때문에 아무리 애를 써서 몸을 굴려도 구르는 속도가 너무 느렸다. 그런데 뜻밖에도 느린 속도 덕분에 얻는 것이 있었다. 바로 아름다운 경치를 감상하며 길가의 풀벌레들과 이야기도 나누면서 예전에는 미처 느낄 겨를이 없었던 햇살의 따사로움을 충분히 만끽할 수 있었다. 동그라미는 여러 개의 조각들을 찾았지만 모두 원래 자신의 것이 아니었다. 하지만 동그라미는 언젠가는 자신의 소망이 이루어질 것이라고 믿으며 포기하지 않았다.

　어느 한 귀퉁이도 떨어져 나가지 않은 동그라미는 구르는 속도가 너무 빠르기 때문에 꽃이 피는 것도 눈치 채지 못하고 풀벌레들과 인사를 나눌 겨를도 없다. 동그라미는 이런 사실을 깨달은 후에야 비로소 수많은 역경과 고난을 겪는다 해도 찾을 수 있을지 모를 조각을 찾는 일을 포기했다.

이 이야기가 우리에게 전하는 교훈은 바로 상황을 직시하고, 완벽함을 거부해야만 스스로 완전해질 수 있다는 것이다.

인생에는 완벽함이 있을 수 없다. 완벽함이란 단지 이상 속에서만 존재할 뿐이다. 누구나 수많은 아쉬움을 느끼며 살아가지만 이것이 바로 진정한 인생이다. 실현이 불가능한 완벽함을 추구하느라 고민하다가는 더 많은 아쉬움을 남길 뿐이다. 자신의 삶에서 아쉬운 부분이 너무 많다면 그건 억지로 무리하게 무언가를 추구하다가 생겨난 것이다.

사람은 성공으로 자신감에 도취되어 있을 때 작은 실의를 느끼게 되는데, 실의는 자신감보다 작지만 사람들은 이미 가지고 있는 자신감은 생각하지 않고 작은 실의에만 주목하며 슬퍼하곤 한다.

· · ·

진왕(秦王) 영은 7국을 통일하고 천하를 얻었지만, 그 역시 그 과정에서 수많은 좌절을 느껴야 했다. 득이 있으면 실이 있고, 실이 있으면 득도 있는 법이다. 이미 얻은 것이 많으면 설령 더 많은 것을 얻는다 해도 기쁨을 느낄 수 없고, 반대로 조금만 잃어도 크게 당황하게 된다. 하지만 이미 잃은 것이 많으면 설령 조금 더 잃는다 해도 그다지 괴로움을 느끼지 않고, 조금만 얻게 되도 큰 기쁨을 느낀다. 그렇다면 얻는 것은 고통의 원인이고 잃는 것은 행복의 시작이라고 해도 그리 틀린 말은 아니지 않을까?

조금 더 깊이 들어가서 생각해보면, 우리 인생에서 가장 큰 득과 실은 모두 우리 자신에 의해 좌우되는 것 같다. 우리가 인생에서 얻은 것 중에 가장 큰 것은 당연히 '생명'이 아닐까? 우리가 부모에게서 얻은 생명 그 자체가 최대의 이득이 아니고 무엇일까. 생명이 없었더라면 그 뒤에 얻은 모든 것들은 완전히 의미를 상실하게 되므로, 생명은 모든 '얻음'의 근본이고, 반대로 인생에서 잃는 것 가운데 가장 큰 것은 '죽음'일 것이다. 그 때가 되면 우리는 생명을 포함해 자기에게 있는 모든 것을 내어놓아야 한다.

가장 큰 '얻음'과 '잃음'은 우리가 결코 선택할 수 없는 것인데, 그 외의 것들을 가지고 아옹다옹한 들 무슨 의미가 있을까?

물론 항상 최선을 다해야 하지만 사람은 영원히 완벽할 수 없는 존재다. 게다가 이렇게 복잡한 사회에서 한번쯤 잘못을 저지르지 않고 사는 사람은 없다. 누구에게도 완벽하기를 요구할 수 없고 또 요구한다 해도 실현될 수 없다.

· · ·

아주 돈이 많은 부자가 있었다. 그는 부유한 만큼 항상 최고를 원했다. 어느 날 아침에 일어나보니 편도선이 부어있었다. 별로 대수롭지 않아 어떤 의사라도 충분히 치료할 수 있었지만, 그는 반드시 그 나라 최고의 의사를 찾아가 치료를 받아야 한다고 생각했다.

많은 돈을 쓰며 전국 곳곳을 돌며 유명한 의사를 찾아다녔다. 가는 곳마다 그곳에서 가장 유명한 의사들을 소개받았지만, 다른 곳에 가면 더 용한 의사가 있을 것이라고 생각하고 또 다른 의사를 찾아 떠났다.

그렇게 한 외진 시골 마을에 도착했을 때쯤 그의 편도선은 부을 대로 부어올라 심하게 염증이 생겨 병세가 심각해졌다. 곧 수술을 하지 않으면 생명이 위태로울 지경이었다. 하지만 그곳은 너무도 작고 외진 마을인지라 의사가 한 명도 없었고, 부자는 결국 그곳에서 편도선염으로 세상을 떠나고 말았다.

어떤 의미에서 말하면 완벽한 사람은 불쌍한 사람이다. 그들은 오랫동안 간절히 바라던 것을 얻었을 때 느낄 수 있는 희열을 맛볼 수 없다. 자신이 실현할 수 없는 꿈을 용감하게 포기할 수 있는 사람, 사랑하는 사람을 잃은 고통을 이겨낼 수 있는 사람이 바로 완벽한 사람이다. 왜냐하면 그들은 가장 고통스러운 상황을 겪고 그 고통을 견뎌냈기 때문이다.

옛말에 '물이 너무 맑으면 고기가 없고, 사람이 너무 살피면 따르는 사람이 없다'고 했다. 한 어부가 바다에서 낚시를 하다가 커다란 진주를 낚아 올렸다. 어부는 좋아서 어쩔 줄 모르며 진주를 집에 가져다놓고 매일 쓰다듬으며 감상했다. 그런데 어부는 진주에 나 있는 작은 검은점 하나가 계속 마음에 걸렸다. 어부는 이 작은 점만 없애면 진주가 훨씬 더 값이 나가게 될 것이라고 생각하고 칼로 그 점을 도려내기로 했다. 그런데 칼로 진주를 긁어내도 점이 없어지지 않는 것이었다. 그래서 점이 사라질 때까지 계속 칼로 긁었다. 결국 점은 없앨 수 있었지만, 진주도 함께 가루가 되어 사라지고 말았다.

사람들은 종종 본래 가지고 있던 것들은 내던지고 완벽한 아름다움만을 추구하곤 한다. 하지만 완벽한 아름다움이란 결코 실현될 수 없는 것이다. 완벽한 것을 바라는 것은 사람들의 보편적인 본성이지만, 이런 소망이 이루어지는 일은 거의 없다. 장점과 단점, 강점과 약점은 모두 상대적인 개념이며, 설령 세상에서 가장 좋은 것이라고 해도 그것이 가장 완벽한 것은 아니다.

한번 실수로 낙오자가 되는 일은 없다. 인생은 농구경기와 같아서 아무리 우수한 팀이라도 실점할 수 있고, 아무리 꼴찌 팀이라고 해도 득점할 때는 있다. 우리의 목표는 잃는 것보다 얻는 것이 더 많도록 최대한 노력하는 것이다.

••• 현실이 완벽하지 않다는 것을 받아들일 때, 생명이 지속되고 있음에 감격할 때, 그 때가 바로 완전함을 이루는 순간이다. 그리고 남들이 자신에게 완벽할 것을 요구할 때가 바로 우리가 가장 곤혹스러운 순간이다.

길을 잃은 잠자리

요즘은 직설적이고 솔직하게 말하는 것이 미덕으로 여겨지는 세상이다. 설령 부적절한 말로 인해 다툼이 생긴다고 해도 에둘러 말하는 것보다는 솔직하게 말하는 것이 낫지 않느냐며 자신을 항변하곤 한다. 하지만 마음이 솔직한 것은 좋은 일이지만, 직설적인 표현이 그리 칭찬할 일이 아니라는 사실을 잊고 있는 사람들이 많은 것 같다. 상황에 따라 솔직하게 말해야 하는 상황에서는 솔직하게 말하고, 완곡하게 표현해야 할 때에는 완곡하게 말한다면 불필요한 소란을 줄일 수 있는 것은 물론, 험악한 분위기를 화기애애하게 만들고 우정과 단결을 한층 북돋울 수 있다.

사실 우리 주변에서 발생하는 많은 상황들은 직선적인 방법이 아니라, 원만한 방법으로 둥글게 처리할 경우 생각보다 훨씬 쉽게 해결할 수 있다. 산을 오를 때도 험하더라도 무조건 곧장 위로

만 올라가는 길보다는 산허리를 빙 돌아가는 길을 선택한 사람이 제일 먼저 정상에 오르곤 한다.

. . .

우연히 방 안으로 들어왔다가 길을 잃은 잠자리가 방을 빠져나가기 위해 파란 하늘이 보이는 유리창을 향해 돌진했다. 하지만 잠자리는 유리창에 세게 부딪혀 땅에 떨어진 후 한참을 몸부림친 후에야 겨우 정신을 차릴 수 있었다.

잠자리는 다시 방안을 빙빙 돌더니 심기일전해 다시 유리창을 향해 힘껏 돌진했다. 하지만 이번에도 역시 유리창에 부딪혀 떨어지고 말았다.

그런데 그 옆에 있는 유리창은 활짝 열려있었다. 단지 닫혀있는 창문보다 반짝반짝 빛이 나지 않았기 때문에 잠자리가 그쪽 문으로 나가려는 시도를 하지 않은 것뿐이었다.

사람도 때때로 이런 상황에 직면하곤 한다. 목표를 달성하기 위해서는 때로는 방향을 바꾸어야만 한다. 그렇지 않으면 영원히 도전과 실패를 반복하다가 결국 날개가 부러져 좌절하게 된다.

실패해도 좌절하지 않고 다시 시도하는 불굴의 의지는 높이 살 만한 것이지만, 처음에는 목표가 가까이 있는 것처럼 보여도, 높은 절벽이 목표로 향하는 길을 가로막고 있을 수도 있다. 그 절벽을 가로지를 수 있는 길이 없다면 방향을 틀어 돌아서 가는 수밖에 없다. 목표에 도달하기 위해서는 이상과 다른 길이라도 참고 가는 것이 현명한 일이 될 수 있다. 인생에서 목표로 곧장 통하는 지름길은 그리 많지 않다. 때로는 목표를 등지고 가야 할 때도, 아무도 가지 않았던 곳에서 직접 길을 만들어야하는 경우도 있다. 하지만 암담하고 끝이 없을 것 같아 보이는 상황에서 자신도 모르게 목표와 가까워져있는 것을 발견한다. 궁극적으로 가야할 방향을 기억하기만 한다면 잠시 길을 돌아서 간다고 해도 크게 잘못된 것은 아니다.

고집스럽게 유리창을 향해 끊임없이 돌진하는 잠자리의 오류를 범하지 말자. 지혜와 인내심이 있다면 돌아갈 수 있는 길이 보일 것이다.

잠시 좋아하지 않는 일을 해야 할 수도 있고, 또 싫어하는 사람, 심지어는 평소에 멸시하던 사람과도 함께 일해야 할 수도 있어야 한다. 이 모든 것이 최종 목표가 아니라는 사실만 알고 있다면 결코 좌절하거나 괴로워할 필요가 없으며, 주변 사람들의 비난이나 조롱에도 신경 쓸 필요가 없다.

프랑스 작가 르낭은 이렇게 말했다.

"서두르거나 조급해하지 말라. 우리가 가는 길은 구불구불한 산길이다. 아무리 여러 번 길을 에돌아가고, 또 때로는 목표를 등지고 걷는 느낌을 받을 수도 있지만, 우리는 점점 목표와 가까워지고 있다."

에단은 뉴욕에 있는 한 목재회사의 영업사원이었다. 그는 여러 해 동안 냉정하기 그지없는 목재검사원을 상대했는데, 이미 여러 차례나 다툼을 벌였다. 그때마다 늘 그가 이겼지만 회사는 언제나 경제적으로 손실을 입어야 했다. 그래서 그는 전략을 바꿔 다시는 목재검사원과 싸우지 않고, 화가 나는 일이 있어도 꾹 참기로 했다. 과연 결과는 어땠을까?

어느 날 그의 회사에 한 통의 전화가 걸려왔다. 누군가 다급한 목소리로 그의 회사에서 납품한 한 트럭 분량의 목재가 모두 불합격 판정을 받았으니 와서 도로 가져가라고 요구하는 것이었다. 트럭에 실려 있던 목재 가운데 절반 정도가 이미 하역되었는데도 불구하고 목재검사원이 합격기준에 훨씬 못 미친다며 목재를 납품받을 수 없다고 한 것이었다.

에단은 곧장 달려갔다. 가는 도중 에단은 이 상황을 어떻게 하면 원만하게 처리할 수 있을지 곰곰이 생각했다. 예전 같았으면 당장 목재검사원을 찾아가 합격기준의 타당성을 놓고 입씨름을 벌였을 터였다. 목재에 대해서라면 그도 거의 전문가 못지않은 지식과 경험을 가지고 있었기 때문에, 상대방으로 하여금 그 목재가 충분히 기준에 부합한다는 사실을 인정하도록 만들려고 애를 썼을 것이다. 하지만 그는 새로운 방식으로 문제를 처리해야겠다고 생각했다.

에단이 현장에 도착하자 주문한 공장의 사장과 목재검사원이 얼굴이 잔뜩 상기된 채로 싸울 준비를 하고 있는 것이 보였다. 에단은 우선 그들과 함께 일부 목재가 하역되고 남은 트럭 앞으로 가더니 목재를 계속 하역해도 되겠느냐고 물었다. 에단도 상황이 어떻게 된 것인지 금세 파악할 수 있었다. 에단은 목재검사원에게 조금 전처럼 반품을 요청하는 목재들을 한쪽에 쌓아놓고, 다른 좋은 목재를 옆에 쌓아놓도록 했다.

검사결과를 가만히 살펴보니 검사원이 기준을 잘못 적용시켜 검사했다는 사실을 발견할 수 있었다. 그 목재들은 모두 백송이었다. 검사원은 단단한 목재에 대해서는 일가견이 있었지만 백송에 대해서는 아는 것이 별로 없었던 것이다. 에단은 백송에 대해서 거의 전문가였지만 자신의 목재 분류 방법에 대해서는 단 한 마디도 하지 않았다.

에단은 목재를 유심히 살펴보며 몇 가지 질문을 던졌다. 에단의 태도는 매우 친절하고 협조적이었으며, 자신에게는 불합격인 목재를 골라낼 권리가 있다고 설명했다. 에단이 친절하게 대하자 검사원의 태도도 누그러졌고 자연히 딱딱했던 분위기도 점차 부드러워졌다. 그리고 머지않아 목재검사원은 자신이 백송을 검사해본 경험이 없음을 인정하고, 목재를 하나씩 들추어가며 에단에게 의견을 묻기 시작했다.

결국 그 공장은 목재 전부를 입고시키기로 했고, 에단은 그 자리에서 전액을 결제 받을 수 있었다.

비난을 받게 되면 누구나 긴장감과 불쾌함을 느끼기 마련이다. 하지만 완곡한 말로 가볍고 유쾌한 분위기에서 비판할 경우 '솔직한 말'로는 결코 얻을 수 없는 예상 밖의 효과를 거둘 수 있다.

국가 간의 외교에 있어서도 함축적이고 완곡한 표현이 더 깊은 뜻을 담고 있는 경우가 종종 있다. 완곡한 말은 상대방을 너무 구석에 몰지 않고 경직된 분위기를 만들지 않으면서도 상대방으로 하여금 행간의 뜻을 읽어내도록 만들 수 있다. 상대방의 감정을 상하지 않게 하면서도 자신의 뜻을 전달할 수 있다니 일석이조의 방법이 아닌가.

체면이 깎이는 것을 좋아하는 사람은 없다. 자신의 입장에서 남의 감정을 이해할 줄 알아야 한다.

여기에서 전하고자 하는 교훈은 '얼굴이 두꺼워야' 한다거나, 자존심을 버려야 한다는 것이 아니다. 바로 세상을 살면서 인내와 기다림, 그리고 적극적으로 기회를 찾아 나설 줄 알아야 한다는 것을 말하고자 하는 것이다. 자신의 몸값만을 생각하며 체면이 서지 않는 일은 하지 않으려는 사람은 세상을 살면서 늘 수동적인 입장에 처할 수밖에 없다.

중국인들은 체면을 중시하는 것으로 유명하다. 그들은 무슨 일을 하든 늘 자신의 체면을 가장 우선시한다. 그런데 이 '체면'이라는 것이 과연 무엇일까? 체면이란 바로 존엄성이다. 남들에게 존중받기를 바라는 것은 사람의 본성이다. 그러므로 사람들과 교제할 때에는 자신의 체면을 지키는 것 외에 남들의 존엄성까지도 배려해주어야 한다.

그러나 상대가 약자이거나 실패한 사람인 경우 상대의 체면을 생각해주는 사람은 그다지 많지 않은 듯 하다. 자신의 우월함을 과시하기 위해 남을 무시하고, 자존심에 상처를 주는 일이 비일비재하다. 하지만 이런 심리와 행동이 얼마나 경박하고 속 좁은 일인지 한 번 진지하게 생각해보라.

••• 항상 다른 사람들을 존중하고 체면을 배려해주어라. 이런 사람만이 남들에게 존경받을 수 있다.

4장

만약 완벽한 사랑이 있다고
여기는 사람이 있다면,
그는 시인이 아니라 바보이다.

'얻을 수 없는 것'과 '이미 잃은 것'

원음사라는 절의 대들보에 거미줄을 치고 사는 거미 한 마리가 있었다. 이 절에는 매일 많은 사람들이 찾아와 향을 올리고 절을 했기 때문에 늘 향연기가 자욱했다. 매일 향내음을 맡으며 기도하러 온 사람들을 구경한 까닭인지 거미도 지극한 불심을 가지게 되었다.

그렇게 천년이 흐른 후, 어느 날 부처가 이 절을 찾아왔다. 부처는 절 안이 온통 향냄새로 그윽한 것을 보고는 흐뭇한 미소를 지었다. 그런데 절을 떠나려던 부처가 무심코 고개를 들었다가 대들보 위에 있는 거미를 발견하게 되었다. 부처가 발걸음을 멈추고 물었다.

"우리가 만난 것도 인연인데 네게 한 가지 물어보아도 되겠느냐?"

부처를 직접 만났다는 사실에 흥분한 거미가 서둘러 대답했다.

"괜찮고말고요!"

부처가 물었다.

"이 세상에서 가장 소중한 것이 무엇이냐?"

잠시 생각에 잠겼던 거미가 자신 있는 말투로 대답했다.

"세상에서 가장 소중한 것은 '얻을 수 없는 것'과 '이미 잃어버린 것'입니다."

거미의 대답을 들은 부처는 가만히 고개를 끄덕이더니 말없이 떠났다.

또 다시 천 년이 흘렀고 거미의 불심도 더욱 깊어졌다.

어느 날 부처가 다시 찾아와 거미에게 물었다.

"천년 전에 내가 물었던 것에 대해 지금은 어떻게 생각하느냐?"

거미가 대답했다.

"지금도 역시 세상에서 가장 소중한 것은 '얻을 수 없는 것'과 '이미 잃어버린 것'이라고 생각합니다."

"그렇다면 나중에 다시 올 테니 더 깊이 생각해 보거라."

또 천 년이 지난 어느 날, 거센 바람이 불더니 이슬 한 방울이 바람에 날아와 거미줄에 붙었다. 거미는 난생 처음 보는 영롱하고 투명한 이슬의 모습에 매료되었다. 거미는 거미줄에 매달린 이슬을 보며 흐뭇함을 감추지 못했다. 3천 년 동안 이렇게 기쁜 적은 없었다.

그 순간 바람이 휙 불어와 소중한 이슬을 땅에 떨어뜨렸다. 아까워서 감히 만지지도 못하고 애지중지하던 이슬이 순식간에 사라져버린 것이다. 거미는 무언가를 잃어버렸다는 고통과 허탈함에 빠지고 말았다. 그때 부처가 다시 나타났다.

"세상에서 가장 소중한 것이 무엇인지 곰곰이 생각해보았느냐?"

순간적으로 이슬을 떠올린 거미가 부처에게 말했다.

"세상에서 가장 소중한 것이 '얻을 수 없는 것'과 '이미 잃어버린 것'이라는 제 생각에는 변함이 없습니다."

"좋다. 네가 그렇게 생각한다면 널 인간 세상으로 보내주마."

거미는 사람의 몸으로 환생해 한 귀족집안의 딸로 태어나게 되었다. 부모는 아기의 탄생을 기뻐하며 '주아(蛛兒)'라는 이름을 지어주었다.

세월이 흘러 주아는 열여섯 꽃다운 나이의 아리따운 아가씨로 성장했다. 자태가 워낙 고와 근방에서 그녀를 보기위해 찾아오는 사람들도 있을 정도였다.

그러던 어느 날, 황제가 과거에서 장원급제한 감록(甘鹿)이라는 청년을 축하하기 위해 연회를 베풀고 귀족 가문의 처녀들을 몇몇 불렀다. 그 중에는 주아와 황제의 작은 공주인 장풍(長風)공주도 끼어있었다. 감록은 즉석에서 훌륭한 시를 지어보이며 자리에 참석한 처녀들의 마음을 사로잡아버렸다. 처녀들은 감록의 눈에 들기 위해 온갖 노력을 다했고, 서로에게 시샘과 질투를 나타나기도 했다. 하지만 유독 주아만은 시샘도 질투도 하지 않았다. 그녀는 감록이 부처님이 자기에게 점지해준 인연이라는 사실을 알고 있었기 때문이다. 감록은 바로 원음사의 대들보에서 만났던 이슬이었다.

며칠 후, 주아가 어머니와 함께 절에 불공을 드리러 갔는데, 때마침 감록도 어머니와 함께 그 절에 와있었다. 두 어머니는 자연스레 인사를 나누고 함께 불공을 드렸고, 주아와 감록도 뜰에 앉아 이런저런 이야기를 나누었다. 좋아하는 사람과 이야기를 나눈다는 사실에 주아는 너무 기뻤지만 어쩐 일인지 감록은 주아에 대한 연정을 겉으로 드러내지 않는 듯 했다.

주아가 물었다.

"16년 전 원음사의 거미줄 위에서 있었던 일을 기억하지 못하는 건 아니겠죠?"

감록은 의아한 표정을 지으며, "주아 아가씨, 외모는 아리따우신데 상상력이 너무 풍부하시군요."라고 말하더니 어머니와 함께 곧 떠나버렸다.

집으로 돌아온 주아는 부처님이 자신과 감록의 인연을 맺어주면서 왜 감록이 그 일을 기억하지 못하도록 했는지 이해할 수 없었다. 감록은 자신에게 진정 아무런 감정도 느낄 수 없단 말인가?

며칠 후, 황제는 감록을 장풍공주의 배필로 삼고 주아는 태자지(芷)의 배필로 삼는다는 어명을 내렸다.

이게 웬 청천벽력이란 말인가. 주아는 부처님께서 자신에게 왜 이렇게 혹독한 시련을 내려주시는지 너무도 야속했다.

그녀는 식음을 전폐한 채 시름시름 앓아누웠다. 영혼이 육신에서 빠져나가 생명이 경각에 달리게 되었다.

이 소식을 들은 태자 지가 황급히 달려와 그녀의 머리맡을 지켰다. 그는 가녀린 숨을 쉬며 겨우 누워있는 주아를 보며 안타까운 표정으로 말했다.

"그날 연회에 참석했던 아가씨들 중에서 당신을 보고 첫 눈에 반했소. 그래서 아버님께 애원해서 혼사를 올리기로 허락을 받은 것이라오. 당신이 죽는다면 나도 살 수 없소."

말을 마친 태자 지는 단검을 들어 자신의 심장을 겨누었다.

바로 이때 부처가 나타나 육신에서 빠져나온 주아의 영혼에게 말했다.

"주아야, 이슬(감록)을 네게 데려다준 것이 누구인지 생각해보았느냐? 그건 바로 바람(장풍)이었다. 결국 바람은 이슬을 다시 데리고 가버렸지. 감록은 본래 장풍공주의 인연이었단다. 그는 그저 네 인생에서 잠시 스쳐지나가는 인연일 뿐이야. 하지만 태자 지는 원음사 문 앞에 서있던 작은 나무란다. 그는 너를 3천 년 동안 지켜보며 흠모해왔지만, 너는 단 한번도 그를 내려다보지 않았어. 다시 한 번 묻겠다. 세상에서 가장 소중한 것이 무엇이지?"

거미는 순간 커다란 진리를 깨달았다.

"세상에서 가장 소중한 것은 '얻을 수 없는 것'과 '이미 잃은 것'이 아니라, 지금 당장 가질 수 있는 행복입니다."

거미의 말이 떨어지기가 무섭게 부처는 연기처럼 사라지고, 주아의 영혼은 다시 제자리로 돌아왔다. 주아가 눈을 번쩍 뜨고 막 자결하려는 태자 지와 눈이 마주쳤다. 주아는 서둘러 일어나 단검을 빼앗아 땅에 던지고는 태자를 끌어안았다.

주아의 마지막 말처럼 세상에서 가장 소중한 것은 '얻을 수 없는 것'과 '이미 잃은 것'이 아니라, 지금 당장 가질 수 있는 행복이다.

· · ·

한 서생이 길에서 한 여자를 만났다. 여자의 얼굴은 초췌하고 창백하기 그지없었다. 왜 그렇게 깊은 시름에 잠겨있느냐는 서생의 물음에 그녀는 세상이 너무 불공평하다며 푸념을 늘어놓기 시작했다. 그럴 리가 없다며 그녀를 위로하려 했지만, 그녀가 털어놓는 인생 역정을 듣고나자 이해가 갔다.

"처음부터 제 운명이 기구하다는 걸 알았어요."

그녀가 탄식했다.

"어떻게 알았죠?"

"어릴 적 한 도사가 집 앞을 지나다가 절 보고는, 제가 관상이 좋지 않아 험난한 일생을 살 거라고 말했답니다. 그 후로 그 도사의 말이 제 뇌리를 떠나지 않았어요. 제가 자라서 혼기가 꽉 찼을 때 한 준수한 청년이 절 좋아하게 되었어요. 하지만 제게 그런 행운이 과연 있을까 하고 의심했죠. 결국 그런 행운이 찾아 올 리가 없다는 결론을 내렸어요. 그리고는 쫓기듯이 한 주정뱅이에게 시집을 갔어요. 아주 못생긴 사람이었지만, 전 못생긴 사람이 마음은 더 따뜻할 거라고 생각했던 거예요. 하지만 그 때부터 제 불행이 시작되었어요."

"왜 자신에겐 행운이 없을 것이라고 생각한 거죠?"

그녀는 여전히 확신에 찬 말투로 말했다.

"어렸을 적 그 도사가 그렇게 말했으니까요."

서생이 말했다.

"제가 보기엔 악운이 당신을 따라다니는 것이 아니라, 당신 스스로 악운을 만드는 것 같군요. 행복이 당신에게 손을 내밀었을 때 당신은 등 뒤로 손을 숨기고 잡기를 거부했죠. 하지만 악운이 당신을 흘깃 쳐다보았을 때는 기다렸다는 듯이 덥석 끌어안았던 겁니다. 도사가 당신의 기구한 운명을 예언했던 것이 아니라 당신의 마음이 재난을 불러왔군요.

그녀는 자신의 두 손을 보며 의구심이 가득 찬 표정으로 중얼거렸다.

"제게 행복할 수 있는 기회가 있었다는 말씀인가요?"

서생은 아무 말도 하지 않았다.

어떤 이들은 스스로 행복을 매정하게 거절하고서도 행복이 자신을 거들떠보지 않는다며 불평을 늘어놓는다.

행복은 살며시 찾아온다. 모두가 그토록 바라는 행복은 떠들썩하게 자랑하며 인사하는 법도 없다. 떠날 때에도 언제 떠날 것인지, 또 왜 떠나려는지 설명하지 않는다. 마치 벙어리처럼 행복은 말이 없기 때문에 행복인지 불행인지는 스스로 판단해야 한다.

· · ·

추운 어느 겨울 날, 귀족 집안의 공자가 아름답고 현숙한 한 여자와 결혼했다. 그런데 결혼한 지 며칠 만에 공자는 결혼 생활이 따분하다며 아내와 헤어지겠다고 선언하였다. 하지만 신랑의 아버지가 이혼을 허락하지 않아 어쩔 수 없이 결혼 생활을 계속해야했고 둘 사이에는 언제나 다툼이 잦았다.

어느 날, 공자는 아내와 다투며 집안의 가재도구들을 모두 때려 부순 후 길게 탄식하며 말했다.

"인생이 어찌 이리도 기구하단 말인가!"

그의 아내도 방 한 구석에 쭈그리고 앉아 애처롭게 눈물을 훔쳤다. 그 둘은 세상에서 가장 불행한 사람들이었다.

바로 그날, 누더기 옷을 걸친 굶주린 거지가 그 집의 마구간으로 몰래 들어와 말의 먹이를 훔쳐 먹었다. 배부른 거지는 마구간 바닥에 깔린 건초로 몸을 덮었다. 말똥이 더덕더덕 붙어 고약한 냄새가 진동했지만 바깥의 추위에 비하면 이쯤은 아무것도 아니었다. 찬바람이 머리를 스치자 거지는 말에게 물을 먹이기 위해 놓여있던 바가지를 머리에 썼다. 이젠 찬바람이 불어도 끄떡 없었다. 그 순간 거지는 자신이 세상에서 가장 행복한 사람이라고 생각하며 만족스러운 듯 콧노래를 흥얼거렸다.

행복이란 사람들이 자의적으로 만들어낸 단어일 뿐이다. 행복이란 객관적인 자신의 상황이 어떻든 스스로 만족스럽다면 그만인 것이다.

••• 행복은 스스로 만드는 달콤한 이슬이다. 하지만 행복한 미래는 종종 고통이라는 산파가 있어야 태어날 수 있다. 행복과 고통은 손바닥과 손등처럼 떼려야 뗄 수 없는 관계로 인류를 발전시키는 두 바퀴이기도 하다. 행복은 모두 스스로에게 달려있다. 손에 잡힐 듯 눈앞에 왔다가도 제 멋대로 행동하면 눈앞에서 행복을 놓치고 말 것이다. 이미 떠나버린 듯 하다가도 열심히 노력하다보면 행복은 어느새 다시 눈앞에 다가와 있는 것을 발견하게 된다.

백만 번을 산 고양이

백만 번을 산 고양이가 한 마리 있었다. 그 고양이는 백만 번을 죽었고, 또 백만 번을 살았다.

한번은 그 고양이가 국왕의 고양이로 태어났다. 국왕은 고양이를 매우 좋아해서 예쁜 바구니를 만들어 고양이를 안에다 넣고 다녔다. 심지어 국왕은 전쟁터에도 고양이를 데리고 다녔다. 그러나 고양이는 행복하지 않았다. 어느 날 고양이는 싸움터에서 화살에 맞아 죽었다. 국왕은 고양이를 안고 매우 가슴 아파했다. 그러나 고양이는 울지 않았다. 고양이는 국왕을 좋아하지 않았다.

한번은 고양이가 어부의 고양이로 태어났다. 어부는 고양이를 매우 좋아해서 고기를 잡으러 바다로 나갈 때마다 매번 고양이를 데리고 다녔다. 하지만 고양이는 행복하지 않았다. 어느 날 물고기를 잡는데 고양이가 바다 속으로 떨어졌다. 어부가 서둘러 고양이를 건졌지만 고양이는 이미 죽어 있었다. 어부는 고양이를 안고 슬퍼했지만 고양이는 울지 않았다. 고양이는 어부를 좋아하지 않았다.

한번은 고양이가 서커스단의 고양이로 태어났다. 서커스단의 마술사는 한 가지 마술을 공연하기 좋아했는데, 그것은 바로 고양이를 상자 안에 넣고 칼로 잘랐다가 상자를 다시 합치면 다시 활기차게 뛰어다니는 고양이로 돌아오는 마술이었다. 그러나 고양이는 행복하지 않았다. 그러던 어느 날, 마술사가 실수로 고양이를 진짜로 반으로 잘라서 고양이가 죽게 됐다. 마술사는 빈으로 잘린 고양이를 안고 매우 슬퍼했지만 고양이는 울지 않았다. 고양이는 서커스단을 좋아하지 않았다.

한번은 고양이가 늙은 할머니의 고양이로 태어났다. 고양이는 전혀 행복하지 않았다. 왜냐하면, 할머니는 조용히 고양이를 안고 창문 앞에 앉아 지나다니는 행인들을 보는 것을 좋아해, 이렇게 하루하루를 보내고 또 한해를 보냈기 때문이었다. 어느 날, 고양이는 할머니의 품 안에서 움직이지 않았다. 고양이는 또 다시 죽은 것이었다. 할머니는 고양이를 안고 매우 상심했지만 고양이는 울지 않았다. 고양이는 할머니를 좋아하지 않았다.

한번은 고양이가 어느 누구의 고양이도 아닌 한 마리의 들 고양이로 태어났다. 고양이는 매우 행복했다. 그의 곁에는 한 무리의 아름다운 암고양이들이 항상 다 먹지도 못할 만큼 많은 생선을 가져다주었다. 고양이는 매번 거만하게 말했다.

"나는 백만 번을 산 고양이야!"

어느 날, 고양이는 흰 고양이 한 마리와 마주쳤는데 그 흰 고양이는 그에게 눈길 한 번 주지 않았다. 고양이는 화가 나서 흰 고양이에게 다가가 말했다. "나는 백만 번을 산 고양이야!" 흰 고양이는 단지 "그래?" 하고 가볍게 대답하고는 곧 고개를 돌렸다. 그 후 고양이는 매번 흰 고양이를 만날 때마다 일부러 흰 고양이 앞에 가서 말했다. "나는 백만 번을 산 고양이야!" 그러나 흰 고양이는 항상 단지 "응" 하고 가볍게 대답하고는 고개를 돌릴 뿐이었다.

고양이가 또 다시 흰 고양이를 만났다. 처음에는 흰 고양이 곁에서 혼자 놀던 고양이가 점점 흰 고양이의 옆으로 가서 가볍게 물어보았다. "우리 같이 있자, 어때?" 흰 고양이도 가볍게 고개를 끄덕이며 "응"하고 대답했다. 고양이는 너무 기뻤다. 그들은 항상 같이 지냈다. 흰 고양이는 많은 새끼 고양이들을 낳았고, 고양이는 정성껏 새끼 고양이들을 돌보았다. 세월이 흘러 새끼 고양이들은 다 자라서 한 마리씩 떠나갔다. 고양이는 매우 자랑스러웠다. 흰 고양이는 늙었고, 고양이는 세심하게 흰 고양이를 돌보았다. 고양이는 매일 흰 고양이를 안고서는 잠들 때까지 이야기를 들려주었다.

어느 날, 흰 고양이가 고양이의 품에서 움직이지 않았다. 흰 고양이가 죽은 것이다. 고양이는 흰 고양이를 안고 다음 날이 될 때까지 끊임없이 울고 또 울었다. 고양이는 더 이상 울지 않았고 움

직이지도 않았다. 고양이는 흰 고양이와 함께 죽었고 다시 살아
나지 않았다.

· · ·

사랑을 하며 한 평생을 사는 것은 정 없이 백만 번을 사는 것 보
다 낫고, 온 삶을 바쳐 사랑하며 사는 한 평생은 삶을 이해하지
못 하면서 백만 번을 사는 것 보다 훨씬 낫다.

모든 사람들의 삶 속에는 인상 깊게 남는 일, 그리고 지금 이 순
간 이 세상에 살고 있다는 것을 행복으로 여기게 만들고, 삶의 아
름다움을 분명하게 이해할 수 있게 해주는 일들이 있기 마련이다.

인생에는 아직도 당신의 마음속에 더욱 깊게 새겨질 체험들이
당신을 기다리고 있다. 그것은 바로 당신이 사랑을 바치고 싶어
하는 일이다. 만약 당신이 그런 것은 없다고 여긴다면 그것은 아
마 당신이 흰 고양이를 아직 만나지 못했기 때문이다.

사랑을 시작하게 되면 필연적으로 일어나는 일이 하나 있다.
바로 연인들이 서로 만나기 전 각자의 생활에 있었던 모든 일들
이 사랑을 하면서부터 모두 사라져 버린다는 것이다. 하지만 이
것은 조금도 이상한 일이 아니다. 그들은 상대방을 발견한 뒤에
새롭게 태어나기 때문이다. 그리고 그들은 새로운 역사를 시작하
게 된다. 이때부터 그들은 함께 생활하면서 있었던 모든 일들을
역사책에 싣고, 모든 사소한 부분들까지도 오래도록 회상하면서

서로 만나게 된 이 행운을 기념하기 위해 자신들이 처음 만나고, 처음 키스한 곳에 상상 속의 액자를 걸어 놓을 것이다. 그리고 지난 일들을 회상할 때마다 "내가 그 일을 하고 있을 때 너는 뭐하고 있었니."라고 말할 것이다.

고양이는 비록 백만 번을 살았지만 진정한 삶을 살았던 적은 없었다. 고양이는 줄곧 사람들의 사랑을 받았지만 자신만의 사랑과 인생을 체험하고, 그 스스로 다른 이에게 사랑을 바치기 전까지는 조금도 행복하지 않았다.

마음속에 근심이 있어 설령 부담이 되더라도 그것이 달콤한 부담이라면 만족스럽게 일생을 살 수 있다.

••• 우리가 끊임없이 사랑한다면 죽어도 완전히 사라지지 않을 것이다. 사랑하면서 했던 행동들이 이미 우리 자신의 일부분을 사랑하는 사람이나 물건 속에 섞어놓았기 때문이다.

한 번에 조금씩 꾸준히 베풀어라

고대 로마의 신들이 미덕을 주관하는 신들을 불러 연회를 열기로 했다. 진실, 선함, 아름다움, 성실함 등 여러 가지 미덕을 주관하는 신들이 모두 연회에 참석했다. 그들은 화기애애한 분위기에서 환담을 나누며 즐거운 시간을 보냈다.

그런데 주신 주피터는 그 중 두 명의 신이 서로 눈을 마주치지 않고 서로 가까이 가지도 않으려고 한다는 사실을 발견했다. 주피터는 사신을 불러 그 둘 사이에 어떤 사연이 있는지 알아보도록 했다. 사신은 은밀히 그들 사이로 가서 물었다.

"두 분께서는 예전에 만나신 적이 없나요?"

"만난 적이 없습니다. 전 남에게 베푸는 마음을 관장하는 신입니다." 앞에 있던 신이 말했다.

"말씀은 많이 들었습니다. 전 은혜에 감사하는 마음을 관장하고 있습니다."

이 이야기가 말하고자 하는 것은 남에게 후하게 베풀어도 상대방으로부터 진심 어린 감사를 받기란 매우 어렵다는 것이다. 남의 헌신과 도움을 바라지만 정작 도움을 받은 후 진심으로 감사의 뜻을 전하는 사람들은 그리 많지 않다.

세상에서 가장 슬픈 일은 살면서 어느 누구에게도 무언가를 받은 적이 없다며 자랑스럽게 이야기하는 것이다. 그런 사람들은 돈이 많고 적고를 떠나서 그 영혼은 언제나 메마르고 굶주려있다.

지혜로운 사람들은 삶이 풍족해질수록 더욱 겸손해지고, 남들로부터 많은 도움을 받았다며 감사하게 생각한다. 자신감과 희망, 꿈이 자신을 계속 살아가게 하는 이유라는 것을 알아야 비로소 겸손해질 수 있다. 자신의 성공이 자랑스럽게 느껴진다면 그 성공을 이루기까지 수많은 사람들로부터 도움을 받았다는 사실을 잊지 말아야 한다.

감사할 줄 아는 마음은 노력을 통해 기를 수 있다. 하지만 이 사실에 주의를 기울이는 사람은 아주 적다. 사람들은 자신에게 필요한 것이 무엇인지에만 주의를 기울이고, 그것이 어디에서 왔는지에 대해서는 그다지 관심을 두지 않는다. 그러나 인생을 아름답게 만들고 싶다면 반드시 은혜에 감사할 줄 아는 마음을 길러야 한다.

의를 보고 행하는 것은 단순히 남에게 은혜를 베푸는 것보다 훨씬 더 광범위한 개념이다. 의를 보고 행하기 위해 가장 먼저 필요한 것은 바로 자기 자신을 바로 세우는 일이다.

공자는 "악이 작다고 행하지 말며, 선이 작다고 해서 행하지 않아서는 안 된다."라고 했다. 이 말은 자신의 탐욕과 싸워 이기고, 또 남이 불의를 행하는 것을 보고 위축되거나 타협해서는 안 된다는 교훈을 담고 있다. 의를 보고 행한다는 것을 너무 형이상학적이고 심오한 것으로 여기고, 덕을 쌓지 못한 자신과는 동떨어진 개념으로 생각할 필요는 없다. 자신이 할 수 있는 방식으로 의를 행하면 된다. 자신은 먼 길을 돌아 횡단보도나 육교를 이용해 길을 건너는데 남들은 무단횡단을 하면서 자신에게 소심하고 어리석다며 손가락질을 할 때, 이에 굴하지 않고 횡단보도를 이용한다면 이 역시 의를 보고 행하는 것이라고 할 수 있다.

의를 행해야한다는 것은 오래 전부터 내려온 미덕 중 하나이다. 남들의 비아냥거림이나 환경의 장애를 극복하고 그렇게 행동한 사람에게는 반드시 찬사가 뒤따르게 된다. 어떤 의미에서는 바로 이 '의를 보면 행한다는 것' 자체가 은혜를 베푸는 것일 수도 있다. 바로 사회의 많은 사람들에게 은혜를 베푸는 것이다.

공자는 "의를 보고도 행하지 않는다면 용기가 없는 것이다. 어진 사람은 반드시 용기가 있어야 하고 용감한 사람은 반드시 어질어야 한다."라고 했다. 다시 말해, 인의와 덕을 갖춘 사람은 반드시 용기를 가져야 한다는 말이다. 그러면 어떤 것에 용기를 가져야 한다는 것일까? 바로 인의를 행하는 용기이다. 하지만 용기

있는 사람이 반드시 인의를 겸비한 것은 아니다. 용기만 있고 인의를 갖추지 못해 나쁜 일을 하는 사람들도 적지 않다.

공자는 또한 "군자는 의를 중요시해야 한다. 군자가 용기는 있으나 의가 없으면 문란해지고, 소인배가 용기가 있으나 의가 없으면 도적이 된다."라고 했다. 군자는 반드시 의를 숭상해야 한다는 말이다. 만약 용기만 있고 의는 갖추지 못한다면 범죄를 저지르고 사회를 혼란스럽게 만들 것이다. 의와 용기가 서로 결합되어야만 진정으로 의를 보고 행하는 경지에 다다를 수 있다.

• • •

묵자는 세상을 구하기 위해 의를 행해야 한다고 했다. 의가 있어야만 백성과 천하에 이로움이 되는 일을 할 수 있다는 것이다. 그는 고행승처럼 각국을 돌며 자신의 학설을 널리 알리고 전쟁을 막는데 온 힘을 다했다. 당시 뛰어난 손재주를 가진 것으로 유명한 공수반(公輸盤)이라는 이가 있었다. 그가 초나라를 위해 전쟁에서 성을 공격하는데 사용하는 구름다리를 만들자, 초나라 왕은 그것을 이용해 송나라를 치기로 하고 준비에 돌입했다. 때마침 노나라에서 이 소식을 들은 묵자는 곧장 초나라로 향했다. 열흘 밤을 꼬박 달려 초나라의 도읍 영에 당도한 묵자는 곧바로 공수반을 찾아갔다.

"어떻게 절 찾아오셨습니까?" 공수반이 묵자에게 물었다.

"북방에 날 모욕하는 사람이 있어 당신의 힘을 빌려 그를 죽이려고 하오."

"난 그런 일을 하지 않소."

공수반이 불쾌한 심기를 드러내자 묵자가 말했다.

"금괴 10개를 드리리다."

공수반이 여전히 미간을 찡그리며 말했다.

"난 의를 중히 여기는 사람이라 함부로 살인을 하지 않소이다."

그러자 묵자가 그 자리에서 일어나더니 공수반에게 절을 하며 말했다.

"듣자하니 선생께서 구름다리를 만들어 그것으로 송나라를 치려고 한다고 들었소. 송나라가 무슨 잘못을 했기에 그리 하는 것이오? 초나라는 땅은 넓으나 인구가 적소. 전쟁을 벌여 안 그래도 모자란 인구를 더 적게 만들고, 이미 풍족한 영토를 더 늘리려는 것은 현명한 처사가 아니오. 또한 아무 잘못도 없는 송나라를 공격하는 것은 인(仁)이라고 할 수 없소. 지금 송나라를 공격하지 말 것을 간언하지 않는다면 결코 충(忠)이라 할 수 없을 것이오. 선생은 의를 행하여 한 사람을 죽이는 것도 꺼려하면서 어찌 송나라의 무고한 많은 백성들을 죽이려 하는 것이오? 그건 절대로 현명한 일이 아니오."

묵자의 말을 들은 공수반이 고개를 끄덕이자 묵자가 말했다.

"제 말이 옳다면 송나라 정벌을 그만두도록 간언해주시오."

"그건 안 됩니다. 전 이미 왕께 약속을 드렸습니다."

"그렇다면 저를 왕에게 데려다주시오."

그렇게 해서 공수반은 묵자를 데리고 초왕을 알현했다. 묵자가 말했다.

"폐하, 새 수레를 가진 사람이 이웃집 헌 수레를 훔치려 하고, 비단 옷을 입은 사람이 이웃집 누더기를 훔치려 하고, 또 고량미에 고기를 가진 사람이 이웃집의 지게미와 죽을 훔치려 한다면 그는 어떤 사람이겠습니까?"

"도벽이 있는 사람이 분명하겠군."

묵자가 계속 말을 이었다.

"초나라는 반경 5천 리에 달하는 넓은 영토를 가지고 있으나 송나라의 영토는 반경 5백 리도 되지 않사옵니다. 그러니 그 둘을 새 수레와 헌 수레에 비유할 수 있습니다. 또한 초나라에는 물이 풍부하고 온갖 짐승과 물자가 매우 풍부한 나라입니다. 그런데 송나라는 빈한하여 닭과 토끼는 물론이요 작은 물고기도 매우 드뭅니다. 이는 고량미와 지게미라고 할 수 있습니다. 또 초나라에는 높다랗게 자란 나무들이 빽빽이 들어차있지만 송나라의 산들은 모두 민둥산입니다. 이는 화려한 비단옷과 누더기가 아니겠습니까? 그러니 폐하께서 송나라를 치신다면 도벽이 있는 사람과 다를 바가 없을 것입니다. 폐하께서 송나라를 치신다면 아무 것도 얻지 못하는 것은 물론 폐하의 의에 손상이 갈 것입니다."

묵자의 말에 대답이 궁색해진 초왕이 이렇게 둘러댔다.

"그대의 말이 옳도다! 하지만 공수반이 날 위해 만든 구름다리를 시험하기 위해서라도 송나라를 쳐야만 하네."

왕의 고집을 꺾기 힘들다고 생각한 묵자는 공수반과 재주를 겨뤄보겠다며 성벽을 만들고 나무토막으로 성을 방어하는 기계를 만들었다. 공수반은 여러 차례나 절묘한 계략으로 성을 공격했지만 묵자는 모두 성공적으로 막아냈다. 구름다리를 이용하여 성을 공격해 봤지만 그 역시 아무 소용이 없자 공수반도 패배를 인정할 수밖에 없었다.

공수반은 "난 당신을 어떻게 해야 할지 알고 있지만 말하지 않겠소."라고 했다.

묵자 역시 "나도 당신이 어떻게 할지 알고 있지만 말하지 않고 있는 것뿐이오."라고 외쳤다.

옆에 있던 초왕이 그들의 말을 이해할 수 없어 무슨 뜻이냐고 묻자 묵자가 대답했다.

"공수반의 말은 날 죽이면 송나라의 성을 지킬 사람이 없으니 초나라가 안심하고 송나라를 공격할 수 있다는 뜻입니다. 하지만 전 이미 저의 제자 3백 명을 시켜 제가 만든 기계를 가지고 송나라 성을 지키고 있으라고 당부해두었습니다. 그러니 절 죽인다 해도 초나라는 송나라를 함락시킬 수 없을 것입니다."

초왕은 "과연 재주 있는 인물이군!"하고 외치더니 더 이상 송나라를 공격하겠다고 고집을 부리지 않았다.

묵자는 송나라를 치겠다는 초왕의 마음을 가까스로 돌려놓고 노나라로 돌아가던 길에 송나라를 거치게 되었다. 때마침 장대비가 내리자 묵자는 비를 피할 요량으로 여문(閭門)으로 갔다. 그런데 여문을 지키는 문지기가 그를 안으로 들여보내지 않는 것이었다. 그는 묵자가 송나라를 전쟁에서 구하고 돌아온 은인이라는 사실을 알 리가 없었다.

은혜를 베풀어도 보답을 바라지 말라. 이 말은 자신의 도덕기준에 부합하는 일이라면 즐겁게 행하고 보답이나 명예를 바라지 말라는 의미다. 계산적인 사람들에게는 바보처럼 보일지 몰라도 그렇게 하는 것이 스스로 즐겁다면 남들의 시선 따위는 그리 중요한 것이 아니다.

••• 한 번에 조금씩, 하지만 꾸준히 베풀어야 한다. 은혜를 한꺼번에 많이 베풀면 상대로 하여금 보답할 수 없게 만든다. 너무 많은 것을 주는 것은 주지 않는 것과 같다. 상대가 감격에 겨워 어쩔 줄 모르도록 만들어서도 안 된다. 은혜에 감사하기는 하나 보답할 수 없을 정도로 과분한 은혜를 베풀면 그 사람과 더 이상 왕래하기 어렵게 된다. 외톨이가 되고 싶다면 주변 사람들로 하여금 자신에게 너무 많은 것을 빚지게 하라. 그 은혜를 갚고 싶지 않다면 그들은 멀리 떠나거나 심지어는 당신을 적대시할 것이다. 베풀되 보답을 바라지 않아야 영혼이 쉴 수 있는 낙원을 만나게 될 것이다.

달콤하면서도 쌉싸래한 것

재능 있는 남자와 아름다운 여자, 누구나 부러워하는 선남선녀의 만남이었다. 두 사람은 아름다운 미래를 함께 일구어가자고 굳게 약속했다.

그런데 어느 날 갑자기 여자가 남자를 더 이상 사랑하지 않게 되었다. 한 백만장자로부터 청혼을 받은 것이었다. 남자는 똑똑하고 유능했지만 가난한 학생이었다. 돈이라는 막강한 힘 앞에서 로맨틱한 사랑은 일시적인 격정일 뿐, 사랑에 빼앗겼던 마음이 현실로 돌아오고 나니 그 때부터 사람의 마음을 결정하는 것은 돈이었노라고 그녀는 담담히 말했다.

그녀의 이별 통보에 그는 아무 말도 하지 않고 묵묵히 떠났다. 그는 자신이 영원히 가난한 고학생 처지에 머물러 있지 않을 것임을 믿었지만, 인생에서 사랑을 잃었는데 더 이상 그 무엇을 믿을 수 있을까. 그는 학업을 중단하고 돈을 벌기 위해 사회로 뛰어들었다. 그리고 천신만고 끝에 큰 회사를 가진 백만장자가 될 수 있었다.

　그는 무한한 성취감을 느꼈지만 마음 한 구석에는 아직 아물지 않은 상처가 남아있었다. 그녀에게 받았던 그 때의 상처는 평생을 가도 달랠 수 없는 고통이었다. 그는 그녀를 찾아 나서기로 했다. 그녀에게 자신이 이뤄놓은 성공과 지금 가지고 있는 모든 것을 자랑하고 상처 받았던 그대로 돌려주고 싶었다. 그리고 그는 이제 확실히 깨달을 수 있었다. 수많은 세월이 흘렀지만 그의 마음속엔 그녀 밖에 없었다는 사실을. 그녀는 비록 그에게 가장 아픈 고통을 주었지만, 그녀에 대한 미움만큼이나 그녀를 사랑하고 있었다는 것을.

　그는 추억을 되짚으며 그녀의 집을 찾아갔다. 그녀의 부모는 멀리 출타 중이었다. 수소문해서 그녀 부모가 있다는 곳에 가보니 무덤 하나가 있었다. 노부부가 무덤 앞에 꽃을 놓고 있는 것이 보였다. 순간 그는 심장이 멎는 듯 했다. 그가 그토록 그리던 그녀가 십수 년 전의 모습 그대로 묘비 속에서 환하게 웃고 있는 것이 아닌가. 얼마나 많은 세월을 이를 악물고 노력하고 또 얼마나 많은 세월을 사랑하고 미워했는데, 그에 대한 보상이 이렇게 잔인하단 말인가.

　가슴이 갈기갈기 찢겨지는 고통이 한바탕 지나간 후 그의 마음속에 자리 잡고 있던 선명한 상처는 깊은 회한과 후회로 바뀌었다. 지난 십수 년간의 서러움과 그리움, 행복과 고통이 일순간에 눈물로 녹아내려 그녀의 묘비를 적셨다. 멀리 천당에 있는 그녀의 사랑이 그의 원한이 사무친 가슴을 다독이고, 여전히 젊고 아름다운 묘비 속의 그녀는 생사를 초월한 그들의 사랑을 증명하듯 찬란한 미소를 짓고 있었다.

노부부는 그에게 평생 동안 이 사실을 알리지 말아달라고 그녀가 신신당부했다고 말했다. 그녀가 불치병에 걸렸다는 사실을 알고 가슴 아파하는 그를 보느니, 차라리 평생 그녀를 미워하며 살게 하는 편이 낫다고 생각했던 것이다.

그녀는 한번도 그를 배신한 적이 없었다. 오히려 짧은 일생을 다 바쳐 그렇게 사랑하다 간 것이었다. 그 역시 그녀를 배신하지 않았다. 십수 년 동안 온갖 역경을 다 겪으면서도 단 한 번도 다른 누군가를 사랑한 적이 없었다. 이것이 바로 사랑이다.

대만의 여류작가 장샤오펑(張曉風)은 《애정관》이라는 글에서 "누군가를 사랑한다는 것은 그와 함께 만족스러운 나날을 보내는 것이다. 누군가를 사랑한다는 것은 냉장고 안에 그를 위해 사과를 하나 남겨 두고 그가 돌아오기를 기다리는 것이다. 누군가를 사랑한다는 것은 추운 밤 그의 잔이 비지 않도록 따끈한 물을 계속 따라주는 것이다. 누군가를 사랑한다는 것은 둘이 함께 식탁의 음식을 먹고, 그가 설거지하는 소리를 듣고, 또 잠시 후에 그가 채 닦지 못한 곳을 몰래 닦는 것이다."라고 했다.

장샤오펑의 사랑은 달콤함이 가득하고 감동적인 사랑이다. 하지만 이 세상에 그렇게 행복이 넘치는 사랑은 그리 흔하지 않다. 가슴 아픈 사랑을 경험한 사람들에게 그녀의 사랑은 신화처럼 느껴진다.

누군가를 사랑한다는 것은 두 영혼이 서로 부딪히며 불꽃이 튈 때, 마음속으로 이런 기도를 되뇌는 것이다. 이것이 환상이 아니기를, 한 순간이 아니기를, 그리고 유일한 예외이기를, 진정으로 영원하기를….

누군가를 사랑한다는 것은 그가 깊은 눈동자로 날 바라볼 때 한없이 자신 없어지는 것이다. 그래서 시간이 거꾸로 흘러 내일 아침 일어나면 20년 전으로 되돌아갈 수 있기를 소망하는 것이다. 그 때 그 어린 소녀의 마음속에는 아름다운 것에 대한 동경과 갈망 이외에는 아무 것도 없었으므로.

누군가를 사랑한다는 것은 그의 두 어깨, 그의 두 눈, 그의 자명종이 되고 싶은 것이다. 추악한 현실이 그를 엄습해올 때 그의 가슴속에서 날카로운 비명을 질러 그로 하여금 미리 도망치게 하고 싶은 것이다.

누군가를 사랑한다는 것은 시라고는 한 번도 쓰지 않던 사람으로 하여금 이런 시를 쓰게 만드는 것이다. 하늘 저편에서 당신의 전화가 오기를 얼마나 기다리는지 아시나요? 당신의 안부가 적힌 꽃다발을 얼마나 원하는지 아시나요? 폭풍우가 치는 한밤중에 당신의 든든한 팔이 얼마나 그리운지, 함께 호숫가를 거닐던 그날 밤을 얼마나 사무치게 그리운지 아시나요? 늙고 병들어도 당신과 마주보며 웃을 수 있기를 얼마나 바라는지, 우울한 밤 당신이 갑자기 찾아와주기를 얼마나 기다리는지 아시나요?

누군가를 사랑한다는 것은 그에게 점점 모성애를 느끼고 그의 장점을 사랑하고 단점을 용서하며 편지 쓰기 싫어하던 사람도 자신의 감정과 느낌을 끊임없이 글에 담아 그에게 편지를 보내고, 또 장문의 편지가 그를 기쁘게 할 수 있기를 바라는 것이다.

누군가를 사랑한다는 것은 커다란 영혼을 만나고도 못 본 척하는 것이다. 이 세상 그 무엇보다도 쉽게 사라지는 그 진심을 영원히 자기 손안에 꽉 붙잡아둘 수 있다고 믿고, 새벽별을 보며 미소 짓고, 저녁노을이 지면 고개를 들어 하늘을 바라보고, 추운 겨울에도 다시는 어깨를 움츠리지 않는 것이다. 사랑하면 모든 것을 미소로 대할 수 있다. 이 세상을 다 합친 것보다도 더 강하고 큰 영혼을 가지게 되기 때문이다.

누군가를 사랑한다는 것은 뻔히 알면서도 똑같은 잘못을 되풀이 하는 것이다. 자신의 감정과 그리움, 그를 향한 연민을 아낌없이 털어놓고 그만은 다른 남자들처럼 경박하고 따분하지 않을 것이라고 무작정 믿는 것이다.

누군가를 사랑한다는 것은 극도의 실망감을 느낀 후에도 마음을 옭아매고 있던 자물쇠가 녹아 사라져, 그의 아주 작은 배려와 관심에도 너무 쉽게 또다시 불길 속으로 뛰어드는 것이다.

누군가를 사랑한다는 것은 그를 원망하면서도 그리워하고 또 그를 비난하면서도 동경하는 것이다. 영원히 다시 만나는 일이 없을 것이라는 그의 통보를 듣고서도 그의 전화를 기다리며 밤을 하얗게 새우는 것이다.

누군가를 사랑한다는 것은 언젠가는 환상이 철저히 환상으로 끝나고 진실이 그 냉혹함을 드러낼 것임을 예감하면서도 아무런 손도 쓰지 않는 것이다. 마음에 경련이 일고 머릿속이 온통 하얗게 변해도 그것이 진실이라는 것을 믿지 않고, 가장 소중히 여기던 것이 사실은 허상이었다는 사실을 믿으려하지 않는 것이다.

누군가를 사랑한다는 것은 그날부터 다시는 벙어리를 불쌍하게 여기지 않는 것이다. 말할 수 없는 사람은 거짓말을 듣지 않아도 되고 또 믿지 않아도 된다는 걸 알게 되므로. 말할 수 없는 사람은 차디찬 말에 상처받지 않아도 된다는 걸 알게 되므로. 영혼이 영혼만을 깊이 바라볼 수 있으므로.

누군가를 사랑한다는 것은 커다란 떨림 후 비로소 마음이 텅 비어 버리는 것이다. 마음이 텅 비면 다시는 사랑하지 않고 또 다시는 미워하지도 않으며, 다시는 노여워하지도 슬퍼하지도 않는다. 그런 후에 마음속에 점차 연민이 싹트는데 뼛속 깊이 사무치는 연민을 느꼈던 사람은 자신이 사랑했던 사람에게 더욱 큰 연민을 느끼게 된다.

사랑은 할 때는 이끼처럼 부드럽지만 결국에는 가시밭길 같은 고통이 되고 마는 것이다.

••• 사랑은 달콤하면서도 쌉싸래한 것이다. 대부분의 문학작품이 사랑을 완벽하고 로맨틱하고 신성한 것으로 묘사해놓았지만, 현실 속의 사랑은 고통스럽고 자신의 힘으로는 어쩔 도리가 없는 것들이 훨씬 더 많다.

함께 나눌 수 없는 것

　　골프를 매우 좋아하는 어느 유태인 장로에 대한
이야기가 있다.

　어느 안식일 날, 그는 골프를 하고 싶어 손이 근질근질해 견딜
수 없었다. 하지만 유대교의 교리에는 안식일에는 반드시 쉬어야
하며 어떤 일도 해서는 안 된다고 정해져 있었다.

　그러나 장로는 결국 참지 못하고 9홀만 치고 오면 괜찮을 거라
생각하며 몰래 골프장에 가기로 결심했다.

　안식일에 유대교도들은 모두 외출할 수 없었기 때문에 골프장
에는 한 사람도 없었다. 그러므로 장로는 아무도 그가 교리를 위
반한 것을 모를 것이라고 생각했다. 장로가 두 번째 홀을 치고 있
을 때 천사가 그를 발견했다. 천사는 화가 나서 하나님에게 달려
가 아무개 장로가 안식일에 골프를 치고 있다고 일러바쳤다. 하
나님은 그 말을 듣고 그 장로에게 벌을 주겠다고 말씀하셨다.

세 번째 홀이 시작되었다. 그때부터 장로는 모든 홀에서 홀인원을 기록하며 완벽한 성적을 내었다. 장로는 말로 표현하지 못할 정도로 흥분되었다. 일곱 번째 홀을 치려고 할 때 천사는 또 다시 하나님을 찾아갔다.

"하나님, 하나님은 저 장로에게 벌을 주지 않으실 건가요? 어째서 아직도 벌을 받는 것을 볼 수 없지요?"

하나님이 말했다.

"나는 이미 그에게 벌을 주고 있는 중이니라."

아홉 번째 홀을 다 칠 때까지 장로는 모두 홀인원을 했다. 장로는 너무나 감격하여 9개의 홀을 더 치기로 했다. 천사는 또 다시 하나님에게 달려갔다.

"도대체 무슨 벌을 주고 있다는 겁니까?"

하나님은 그저 웃으며 대답하지 않았다.

18홀을 다 친 성적은 세계의 어느 골프 선수도 하지 못한 완벽함 그 자체였다. 장로는 기뻐서 어쩔 줄을 몰랐다. 천사는 화가 나서 하나님께 물었다.

"이게 말씀하신 벌입니까?"

하나님이 말했다.

"그렇다. 그가 이 놀랄만한 성적을 어느 누구에게도 말할 수 없다고 생각해 보거라. 이 얼마나 큰 벌이 아니냐?"

삶에는 즐거움과 고통을 함께 나눌 동반자가 필요하다. 함께 나눌 사람이 없는 인생은 내가 겪는 것이 즐거움이든 고통이든 상관없이 모두가 다 벌이다.

본래 즐거움도 나누지 않는다면 결국 벌로 바뀌는 것이다.

유명한 물리학의 공식 중에 이런 공식이 있다. '압력은 $P=F/A$ 로, 압력의 크기는 외부의 힘에 비례하고 접촉한 면적에 반비례한다.' 쉽게 말하자면 외부의 힘이 같은 경우 접촉한 면적에 비례해 압력은 작아진다.

우리 마음속에도 우리를 괴롭히고 있는 어떠한 일에 의해 압력을 받을 수 있다. 우리는 이러한 일 자체를 바꿀 수는 없지만 다른 사람들에게 마음을 털어놓으면서 힘을 받는 면적을 넓게 하여 마음속의 압력을 작게 할 수 있다. 물론 다른 사람과 괴로움만 나누지 말고 즐거움도 나눠야 한다. 괴로움만 나눈다면 나중에는 모두들 당신을 보면 멀리 도망가 숨어버릴 것이다. 만약 당신이 다른 사람의 즐거움과 괴로움을 함께 나누는 사람이 되고 싶다면, 나는 당신도 행복한 사람이 될 수 있다고 믿는다. 그 이유는 많은 사람들이 당신에게 감사할 것이기 때문이다.

아름다운 풍경을 보았더라도 다른 사람에게 말해줄 기회가 없다면 그는 결코 즐거움을 느낄 수 없을 것이다. 사람은 결국 같은 무리를 떠날 수 없는 존재이다. 다른 사람과 함께 나누지 않는 즐거움은 결코 즐거움이 될 수 없으며, 다른 사람과 함께 나눌 수 없는 괴로움은 가장 끔찍한 고통이다. 함께 나눈다고 하는 것은 반드시 누군가가 그 자리에 있을 필요는 없지만, 적어도 누군가가 알아야 한다는 것을 의미한다. 아무도 모르는 고독과 고통은 절망이 될 것이고 즐거움마저도 똑같이 절망으로 변할 것이다!

즐거움은 일종의 기분으로 감정상의 기쁨이며, 속마음의 유쾌함을 표출하는 것이다. 즐거움은 마음의 나뭇가지에서 구성지고 우아한 노래를 부를 수 있는 한 마리의 상서로운 새이며, 마음 속 깊은 곳에서 느릿느릿하게 흐르는 은은한 선율이다.

••• 즐거움은 간단한 것인가? 즐거움을 추구한다고 말하기 보다는 차라리 즐거움을 가진다고 말하는 것이 낫다. 즐거움이란 본래 우리 곁에 있는 것이기 때문이다. 즐거움이란 생각의 소유이지만 반드시 함께 나눈다는 조건을 가지고 있어야만 한다.

꿀벌과 꽃

4월은 꽃 피는 화창한 계절이다. 만물들은 다시 태어나고 따사로운 햇빛은 대지를 비추며, 세상의 모든 것들은 맑고 아름다운 봄빛 속에서 다시 피어난다. 여러 가지 빛깔의 꽃봉오리들은 서로 다투어 피기 시작하고, 꿀벌들은 꽃밭 여기저기로 날아다니며 부지런히 꽃가루를 모은다.

작은 꿀벌 한 마리가 꽃밭에서 쉬지 않고 바쁘게 꿀을 따고 있는데 갑자기 바람이 불어와 공중에서 떨어지고 말았다. 꿀벌이 아래로 곧바로 떨어지면서 추락하려는 찰나에 무언가에 의해 떠받쳐졌다. 알고 보니 꽃잎에 떨어진 것이었다. 하마터면 목숨을 잃을 뻔한 정말 위험한 순간이었다.

꿀벌이 자세히 살펴보니 그 꽃은 어두침침한 구석에서 자라고 있어 햇빛이 매우 적게 비추고 있었고, 바람과 서리, 비와 눈을 맞고 있었다. 그런 까닭에 그곳에는 다른 꽃들은 없고 오직 그녀만이 홀로 어두운 구석에서 활짝 피어있었다. 꿀벌의 눈에는 눈앞에 있는 이 꽃이 다른 꽃들은 가지고 있지 않은 고독한 아름다움을 지니고 있는 것 같았다. 꿀벌은 자기도 모르게 그 아름다움에 감동을 받았다.

꿀벌은 꽃에게 반갑게 인사를 했다. "안녕!" 꽃은 미소를 지으며 그에게 고개를 끄덕여 보였다. 꽃은 그에게 왜 이 곳에 오게 되었는지를 물었다. 꿀벌은 사실대로 얘기해주며 날개를 다쳤다고 말했다. 그러나 매우 빠르게 회복 될 수 있는 상처였다. 꿀벌은 꽃에게 바깥세상 얘기를 해 주었고 꽃은 조용히 들었다. 꿀벌은 매우 즐거운 시간을 보냈다. 그들은 많은 이야기를 하면서 좋은 친구가 되었다.

꿀벌의 날개가 회복되어 헤어지려 할 때, 꽃이 그에게 물었다.

"내일 다시 와 줄 수 있니?"

꿀벌은 대답했다.

"내일 또 올 게. 나는 오늘 너와 보낸 이 시간을 영원히 잊을 수 없을 거야."

꿀벌은 아쉬워하며 떠났다. 꽃은 꿀벌이 멀리 사라질 때까지 계속 바라보았다.

다음날 아침, 꿀벌은 정말 다시 찾아왔다. 꽃은 매우 기뻐했다. 꿀벌이 꽃에게 말했다.

"내가 너의 꽃가루를 좀 따도 될까? 나는 꿀을 만들어야하거든."

꽃은 미소를 지으며 말했다. "물론 되지." 그들은 서로 매우 행복해했다.

꿀벌이 꿀을 다 채취하고 떠나려 할 때 꽃은 그에게 말했다.

"그럼 매일 놀러와."

꿀벌은 약속하고는 벌집을 향해 날아갔다.

꿀벌은 벌집으로 돌아왔다가 쉴 틈도 없이 다시 급히 서둘러 꽃이 있는 곳으로 갔다. 그가 도착한 때는 이미 오후였다. 이 때, 꽃은 쉬고 있었다. 꿀벌이 다시 돌아온 것에 꽃은 매우 기뻐했다.

"피곤하지 않니?"

"너와 함께 있으면 나는 조금도 피곤하지 않아."

"너는 다른 꽃들한테서도 꿀을 딸 거니?"

"나는 너의 꿀만 딸 거야." 꿀벌이 대답했다.

꽃은 꿀벌의 대답에 매우 만족해했다.

꿀벌이 꿀을 따는 동안 꽃은 조용히 그를 바라보고 있었다.

"너는 매일 이렇게 바쁘니?"

"응. 나는 가장 부지런한 꿀벌이 되고 싶어. 그러려면 나는 다른 꿀벌들보다도 훨씬 많은 꽃가루를 채취해야만해."

"너는 삶의 목표가 있어서 분명 행복할거야. 네가 정말 부럽다."

"나는 이제껏 행복했던 적이 없어. 너를 만나기 전까지 말이야."

꽃은 아무 말도 하지 않았다.

이 꽃은 어둠침침한 구석에서 자라면서 햇빛도 못 받고 항상 비바람에 시달리기만 했다. 주인이 비료를 줄때도 그녀의 차례는 돌아오지 않았다. 그녀도 원망한 적이 있었지만 무엇을 할 수 있겠는가? 그저 자신에게 의지해 살 수 밖에 없었다. 그렇지만 이렇게 화창한 봄날이 되면 그녀도 자신의 아름다운 꽃봉오리를 활짝 피웠다.

꿀벌이 꿀을 다 따고 가려고 할 때 꽃은 꿀벌에게 말했다.

"너는 올 때는 세상일에 허덕거리며 바삐 뛰어다니다가 나에게 행복을 가져다주고, 갈 때도 분주하게 행동하다가 또다시 나의 마음을 가지고 가는구나. 나는 언제쯤 너를 따라 움직이지 않는 내 발걸음을 내딛을 수 있을까?"

꿀벌은 그녀를 위로하며 말했다.

"내가 금방 다시 돌아올게."

그리고는 곧 몸을 돌려 날아갔다.

꿀벌과 꽃이 만나는 횟수는 점점 많아졌고, 그들이 함께 있는 시간도 점점 길어져 서로 잠시라도 상대방을 보지 않으면 못 견딜 정도가 되었다. 꿀벌이 떠날 때마다 꽃은 멀리 사라지는 모습을 응시하면서 마음속에 말로 표현할 수 없는 슬픔이 생겨났다.

어느 날, 꿀벌은 용기를 내어 꽃에게 말했다.

"나는 영원히 너와 함께 하고 싶어." 꽃은 이 말을 듣고 수줍어서 고개를 숙였다.

꽃은 꿀벌과 함께 있는 시간들을 행복해 했지만 한 가닥 근심을 숨겨두고 있었다. 거북이는 천 년을 살 수 있고 꿀벌도 얼마 동안은 살 수 있다. 그러나 꽃의 생명은 매우 짧아 가장 오래 사는 것이 겨우 며칠일 뿐이다. 꽃의 가장 아름다운 시기는 아마도 꽃의 생명이 거의 끝나 갈 때쯤 일 것이다. 꽃을 재배하고 있는 주인은 자주 꽃밭으로 나와 그가 심은 꽃들을 살피면서 시장에 내놓을 날짜를 계획하고 있었다. 다른 꽃들은 드디어 사람들의 호화로운 방안에 놓여 질 수 있다는 것에 흥분했다. 더 이상 바람을 맞고 햇볕을 받기 위해 다툴 필요가 없는 것이다. 하지만 다른 꽃들이 기대와 설렘으로 가득 차 있을 때 이 꽃만은 점점 초조해졌다.

꽃이 원망하듯 꿀벌에게 말했다. "나를 데리고 가줘." 꿀벌은 그녀에게 말했다. "안 돼. 난 아직 가장 부지런한 꿀벌이 되지 못했단 말이야. 내가 꿈을 이룬 후에야 우리는 떳떳하게 함께 있을 수 있어." 꽃은 그를 한 번 바라보곤 더 이상 아무 말도 하지 않았다.

아침에 꽃을 재배하는 주인이 또 다시 찾아왔다. 그는 우연히 꽃 가지와 잎들이 가리고 있는 아래쪽에서 아름답게 활짝 피어 있는 꽃을 발견했다. 그는 기뻐하며 내일 아침 이 꽃을 따서 시장에 나가 팔기로 마음먹었다. 그는 좋은 가격에 팔 수 있기를 기대했다.

꽃은 점점 초조해졌다. 그녀는 지금 당장 꿀벌이 나타나서 자신을 데리고 여기를 떠나 멀리 멀리 높게 날아갈 수 있기를 바랐다.

시간이 일 분 일 초 지나갔다. 꽃은 초조하게 꿀벌이 나타나기를 기다렸다.

다음 날 아침, 태양은 평소 때처럼 떠올랐다. 아침노을이 나뭇가지 끝을 통과하고, 엷은 새벽안개가 점점 걷히면서 대지가 밝게 빛나기 시작했다. 작은 벌레도 아직 깨지 않았고 풀잎에는 아직도 이슬이 맺혀 있었다.

새로운 하루가 시작 되었다.

주인은 이른 아침에 일어나 손에 가위를 들고 곧장 꽃이 있는 곳으로 왔다. 그러나 꿀벌은 이때까지도 여전히 나타나지 않았다. 결국, 꽃은 한없는 유감과 이별하기 아쉬운 맘을 품은 채 주인에 의해 나뭇가지 끝에서 베어졌다.

마침내 꿀벌이 날아왔다. 그는 여전히 평소와 다름없이 익숙한 길을 돌아서 날아왔다. 그러나 그는 꽃을 볼 수 없었다. 보이는 것은 단지 나뭇가지 끝에 걸려 있는 외롭게 남은 한 장의 꽃잎 뿐이었다. 그 새하얀 꽃잎 위에는 아직도 이슬이 맺혀 투명하게 반짝이고 있었다. 그는 분주하게 날아다니며 그 새하얀 꽃잎을 바라보며 상심해서 울었다. 그는 비로소 자신이 얼마나 꽃을 깊게 사랑했는지를 알게 되었다. 꽃잎을 바라보면서 그는 참을 수 없는 눈물을 비 오듯 흘렸다.

하늘에서 비가 내리기 시작했으나 꿀벌은 여전히 그 꽃잎 옆을 지키면서 떠나려 하지 않았다. 그의 날개는 이미 빗물에 젖어 펼 수가 없었다. 한차례의 바람이 불어와 꽃잎은 꿀벌과 함께 땅으로 떨어졌다. 꿀벌은 꽃잎 옆에 엎드려 움직이지 않았다.

　사람들은 사랑에 대해서 다른 해석을 가지고 있다. 어떤 사람은 사랑을 일생의 꿈으로 여기고 추구하고, 어떤 사람은 사랑을 장난으로 여기고 가지고 논다. 어떤 사람은 사랑을 화폐로 여기고 교환하기도 하며, 또 어떤 사람은 사랑을 욕망의 확대라고 보기도 한다. 심지어 어떤 사람은 사랑을 이용해 성적인 글을 써서 밥벌이를 하기도 한다. 그렇다면 도대체 사랑이란 무엇일까? 아마 모든 사람들이 각자 그 사람만의 다른 해석들을 가지고 있을 것이다.

••• 사랑은 욕망보다 훨씬 순수해서 사람들의 눈물을 흘리게 만든다. 그러나 사람들은 모두 이기적이다. 진정한 사랑은 상대방의 행복을 위해서 자신을 포기하기를 요구하므로, 어떠한 사랑은 포기라고 불리기도 한다. 그러나 몇 명이나 진짜로 이런 사랑을 할 수 있을까? 그가 충분히 이런 사랑을 할 수 있고 아무것도 바라지 않고 사심 없이 상대방을 위해 준다 해도 상대방이 그가 이렇게 해줄만한 가치가 있는 사람인지 아닌지 분명히 따져 보아야한다. 상대방은 진짜로 그를 사랑하는가! 만약 두 사람 모두 상대방을 제일 첫째로 놓는다면 이러한 사랑이야말로 진정한 사랑이라고 할 수 있는 것이다!

완벽한 사랑이 있다고 여기는 사람이 있다면
그는 시인이 아니라 바보이다

　어느 한 심리학자의 강좌를 들은 적이 있었는데 그는 한 가지
실험에 대해서 얘기했다. 실험의 내용은 이러했다. 원숭이 한 마
리를 철망으로 된 우리 안에 넣고 절연체를 이용해 우리의 반에
만 전기를 통하게 하면 원숭이는 재빨리 전기가 통하지 않는 다
른 편으로 도망간다. 그러고 나서 절연체를 빼고 우리 전체에 전
기를 통하게 하면, 처음에는 원숭이가 처음처럼 다른 반대편으로
도망가지만 몇 번 반복하고 나면 원숭이도 우리 전체에 전기가
흐른다는 것을 알게 된다. 원숭이는 더 이상 도망갈 곳을 찾아 뛰
지 않고 절망한 듯 얌전하게 우리의 구석에 머물러 있다. 원숭이
는 이미 고통에 익숙해졌기 때문이다.
　이와 같은 일이 있었다.
　부드럽고 상냥한 그녀는 연애시절부터 결혼할 때까지 항상 너
그러운 마음으로 그를 사랑했다. 그녀는 오직 자신만이 그를 이

해할 수 있다고 여기며 그의 거친 성미와 변덕스러움을 용서해 주었다. 그녀는 매번 눈물로 자기가 받은 상처를 씻어내곤 했다. 그 날도 그들은 심한 말다툼을 벌였다. 마침내 참지 못한 그녀는 아수라장인 방 가운데 서서 눈물을 머금고 말했다.

"우리 이혼해요."

이튿날, 그들은 법원에 가서 이혼 수속을 했다. 그 뒤, 그녀는 그리 멀지 않은 곳에 있는 어머니의 집으로 이사를 했다. 오직 어머니만이 그녀의 산산조각 난 마음을 받아주었다. 그녀는 마치 중요한 무언가를 잊어버린 사람처럼 흐리멍덩하게 변해있는 자신을 발견했다. 일주일을 그렇게 보냈지만 아무것도 생각나지 않았다. 하루는 퇴근해서 돌아오는 길에 무의식적으로 자전거를 타고 남편과 살던 집으로 갔다. 그리고는 문을 밀고 들어갔다. 남편의 놀라는 눈빛 속에서 그녀는 문득 깨달았다. 그녀가 집을 그리워하고 남편을 그리워하고 있었다는 것을.

하지만 그녀는 산산조각 난 것은 다시 돌이킬 수 없다고 스스로에게 말하며 강하고 냉담해질 수 있도록 노력했다. 그녀는 '그는 나의 사랑을 받을 가치가 없는 사람이야' 라며 자기 자신에게 경고했다. 하지만 집을 잘못 찾아간 지 얼마 지나지 않은 어느 주말, 시장에 갔던 그녀는 어머니의 집으로 돌아오는 길에 깊은 생각에 빠졌고 또 다시 익숙한 그 문을 밀고 들어가고 말았다. 그리고는 익숙한 사람이 문 앞에서 울적하게 담배를 물고 있는 것을 보게 되었다. 그는 초췌해서 꼴이 말이 아니었다. 그 날 오후, 그녀는 어머니의 집으로 다시 돌아가지 않고 그를 위해 한 상 가득히 음식을 차려주었다. 다음날 그들은 재결합 하였다.

지금 그들은 많은 평범한 부부들처럼 여전히 예전처럼 생활하고 있다. 그의 나쁜 버릇도 바뀌지 않았다. 그렇다면 그녀는? 그녀 역시 전과 다름없이 그를 사랑하고 있다. 그녀는 습관이 되어 있었다. 사랑이 습관이 되어 어떠한 불공평한 대우도 그녀에겐 단지 의미 없는 시련일 뿐이었다. 마치 어디로 피하든 고통을 피할 수 없으니 제자리에 머무는 것이 낫다는 것을 알고 더는 피하지 않는 원숭이와 같았다.

· · ·

만약 한 사람을 사랑하는 것이 습관이 되었다면 그는 당신 마음속의 가장 연약한 부분이고 치명상이다. 당신이 피할 수도 없고 피하고 싶어 하지도 않는 속박이 된 것이다. 때론 당신의 마음속에 희망이 없음과 무고함으로 가득 찰 때가 있겠지만, 이미 당신의 마음속엔 '헌신' 이라 불리는 감정이 가득 넘치고 있을 것이다. 헌신이란 아름다우면서도 또한 고통스러운 것이다. 당신이 이미 이러한 감정에 의지하기 시작했다면 빠져나갈 모든 구멍은 이미 이러한 감정에 의해 폐쇄되었을 것이다. 당신이 유일하게 할 수 있는 것은 바로 물을 마시고 밥을 먹는 것과 같은 습관처럼, 보답을 바라지 말고 그를 사랑하는 것이다. 당신은 마약을 끊을 수 있을 만큼의 끈기가 있어야만 비로소 그만둘 수 있다.

마음에 드는 한 구절이 있다.

"당신이 최고는 아니지만, 나는 당신만을 사랑합니다."

세심하게 잘 음미해보라. 이 얼마나 낙관적이며 너그럽고 고집스러운 사랑의 표현인가.

당신에겐 태어날 때부터 당신을 위해 태어난, 하늘이 정해준 인연이 있다고 말한다. 하지만 세상에는 수많은 사람들이 살고 있고 인생은 매우 짧은데 어떻게 당신에게 속한 완벽한 반려자를 찾을 수 있겠는가?

요즘 사람들은 이렇게 하늘이 맺어준 인연을 지키지도 못하고, 또 쉽게 지나가는 청춘과 조급한 마음에 숨죽이고 조용히 기다리지도 못한다.

그들은 종종 닥치는 대로 만나게 되는 이성을 억지로 자신의 마음속에 있는 완벽한 이상형과 대조해보면서 실망하곤 한다.

그들은 어떻게 해야 주위에 있는 것들과 이미 가지고 있는 것들을 소중히 여기는 것인지 모르고 있다. 또한 그들은 자신이 이미 가지고 있는 것이 진짜로 가장 큰 행복이며 가장 진실한 사랑임을 알지 못하고 있다.

사랑이란 무엇인가? 철학자는 말하길, 사랑이란 그가 결점을 가지고 있다는 것을 잘 알면서도 여전히 그를 선택하고 또한 그의 결점 때문에 그의 전부를 포기하거나 그의 전부를 부정하지 않는 것이라고 했다.

사랑이란 그가 촌스럽게 옷을 입었다는 것을 알면서도 대중이 모인 공개적인 장소에 기꺼이 그를 데리고 나타나는 것이며, 그에게 결점이 있다는 것을 알면서도 그를 집으로 데려가 엄마에게 보여주는 것이다. 당신이 가장 경시하는 것이 동물을 죽이는 것이라도 기꺼이 도축자의 아내가 되는 것이 바로 사랑이며, 당신에게 원래 결벽증이 있다고 해도 그를 위해 지저분한 그릇을 닦아주는 것이 사랑이다.

. . .

예쁘고 총명한 한 여자가 있었다. 대학을 졸업한 후, 수많은 남자들의 구애를 거절하던 그녀는 결국엔 볼품없고 키도 작은 동료를 선택했다. 주위의 많은 사람들은 정말 상상할 수 없는 일이라고 생각했고, 그녀의 매우 친한 친구조차도 이해하지 못하겠다는 반응이었다. 그러나 그녀는 사람들의 의혹어린 시선 속에서 그와 결혼했다.

몇 년 후, 동창회가 열렸다. 그녀의 친구들은 모두 자기의 보금자리를 만드는데 지치고 처음의 환상들이 깨져 실망하고 있었다. 그러나 그녀는 평범하고 포부가 없는 무위적인 굴레 안에 갇혀서 매우 초췌할 것이라는 친구들의 처음 생각과는 달리, 전과 다름

없이 아름답고 눈이 부셔서 사람들의 눈길을 끌었다. 오히려 예전보다도 더 성숙한 온화함과 점잖음을 가지고 있었다. 그들은 다정하게 손을 잡고 친구들에게 다가와 그 자리에 있는 모든 사람들의 가슴을 두근거리게 했다. 그녀는 모두에게, 그녀의 남편은 최고도 아니고 많은 결점들을 가지고 있는 사람이지만 이런 것들은 그와 사귀기 전부터 이미 알고 있던 것이라고 말했다. 그리고 그녀가 좌절했을 때 묵묵히 그녀를 도와주고 일이 뜻대로 되지 않을 때 열심히 그녀를 격려해 주면서도 아무런 대가도 바라지 않는 남편과 평생을 함께 하고 싶다고 했다.

변함없이 오래 지속되는 사랑과 빛 좋은 개살구 같이 순간에 사라지는 사랑이 있다면 무엇을 선택해야 할지를 생각해 보라.

세상에는 특출한 남성들과 아름다운 여성들이 매우 많지만, 진정한 당신의 사랑은 오직 하나만 있을 뿐이다. 남의 시선 때문에 자신의 진실한 사랑을 바꿔서는 절대로 안 되며, 남의 시선 속에서 자신을 잃고 살아서도 안 된다!

사랑은 욕심낼 수도 없는 것이며 몽상도 아니다.

만약 완벽한 사랑이 있다고 여기는 사람이 있다면 그는 시인이 아니라 바보이다. 우리는 결코 세상을 크게 놀라게 할 사랑이 아닌, 자신만의 사랑을 마음을 다해 지켜야 한다.

그렇다. 세상에 완벽한 연인은 한 명도 없고 흠이 없는 사랑도 없다. 사랑과 연인은 단지 진실할 수 있을 뿐이다. 우리가 과연 마음을 가라앉히고 감정에 좌지우지 되지 않으면서 이러한 일들을 할 수 있을까? 당시에는 세상 그 무엇보다도 중요하게 생각하며 우리가 행했던 수많은 우습고 유치한 행동들을 생각해보라.

••• 당신은 최고는 아니지만, 나는 당신만을 사랑합니다. 이 문장을 읽는 느낌은 항상 온갖 세상일을 다 겪은 노인 한 쌍이 따뜻한 햇살 아래서 손을 잡고 한가롭게 거닐며 만면에 행복이 가득한 표정으로 지난 일을 회상하는 것만 같은 느낌이다. 지난 일은 이미 먼 일이 되었지만 추억은 영원히 살아있다.

행복의 원칙

　　나폴레옹 3세가 세계 제일의 미모를 지닌 유제
니와 사랑에 빠져 그녀를 아내로 맞이했다.

　신하들은 유제니가 몰락한 스페인 귀족 집안의 딸이라는 이유
로 반대했지만 나폴레옹은 대수롭지 않게 생각하며 혼사를 강행
했다.

　그녀의 우아함과 젊음, 아름다움이 나폴레옹을 단단히 매료시
켰다. 그는 행복에 도취되어 흥분된 어조로 백성들에게 아내를
소개했다.

　"짐이 사랑하는 여인을 아내로 골랐노라. 짐은 생전 처음 보는
낯선 여자와 결혼할 수는 없다."

　나폴레옹과 그의 아내는 건강, 명망, 부, 권력, 미모, 그리고 사
랑을 모두 갖추고 있었다. 그 어떤 불꽃도 그들의 사랑만큼 뜨겁
고 환할 수는 없을 것 같았다.

하지만 행복은 너무도 짧게 끝이 났다. 영원할 것 같던 불꽃도 점점 꺼져가더니 재만 남게 되었다. 나폴레옹은 유제니를 황후로 삼을 수는 있었지만, 사랑의 힘으로도 또 국왕의 권력으로도 그녀의 쉬지 않는 잔소리를 막을 수는 없었다.

질투와 의심이 그녀로 하여금 그의 명령을 거역하게 했고, 심지어 그와의 부부 관계 또한 거부했다. 그녀는 나폴레옹이 국사를 처리하는 곳으로 당당히 쳐들어가 그와 신하들의 비밀회의를 방해했다. 그녀는 절대로 그를 혼자 내버려두지 않았고, 그가 다른 여자에게 한눈을 팔까봐 불안해했다. 유제니는 매일 언니를 불러다가 남편을 원망하며 울고 푸념했다. 나중에는 나폴레옹의 집무실에 들어가 폭언을 퍼붓고 난동을 부리기에 이르렀다. 프랑스의 통치자인 나폴레옹 3세는 10여 개의 화려한 궁전을 가지고 있음에도 불구하고 조용히 있을 수 있는 곳은 단 한 구석도 없었다.

그런데 이렇게 쉴 새 없이 잔소리를 해서 유제니 황후가 얻은 것이 무엇일까?

역사서는 이렇게 기록하고 있다.

"나폴레옹 3세는 한밤중에 모자를 눈까지 푹 눌러쓴 채 시종 한 명만을 데리고 궁전의 작은 문으로 몰래 빠져나가 자신을 기다리고 있는 아름다운 여인에게 가서 밀회를 즐기거나, 파리 성내를 돌며 궁궐 안에서는 볼 수 없는 것들을 구경하곤 했다."

이것이 유제니가 끊임없는 잔소리로 얻어낸 '성과' 이다. 그녀는 프랑스 황후라는 최고의 지위와 유럽에서 둘째가라면 서러운 미모를 지녔지만, 그녀의 잔소리는 사랑이 변함없이 지속되도록 할 수 없었다.

유제니는 서럽게 울면서 "내가 가장 두려워하던 일이 눈앞의 현실로 다가오고 말았어!"라고 넋두리한 적이 있다고 한다.

하지만 이런 상황을 초래한 것은 어디까지나 그녀였다. 이 가련한 여인은 질투와 잔소리로 결혼생활을 완전히 망쳐버렸다.

잔소리와 다툼은 사랑의 불꽃을 얼음처럼 얼어붙게 만드는 가장 무서운 요인이다. 마치 독사에게 한번 물리면 살아남을 가망이 전혀 없는 것처럼 다툼은 사랑을 점점 식게 만든다.

. . .

러시아의 대문호 톨스토이의 부인이 이 사실을 깨달았을 때에는 이미 너무 늦어버린 후였다. 그녀는 죽기 전 딸에게 이런 통한의 말을 남겼다.

"네 아버지가 돌아가신 건 내 잘못이다."

그녀의 딸들은 소리 없이 숨죽여 울었다. 그들은 아버지의 사인이 어머니의 끝없는 잔소리와 불평이라는 것을 알고 있었다. 하지만 톨스토이와 그의 부인은 그 누구보다도 행복할 수 있었다. 톨스토이는 세계적인 소설가였다. 그는 자신의 불후의 명작 《전쟁과 평화》와 《안나 카레리나》로 문학계의 큰 별로 여전히 빛을 발하고 있었다.

당시 그를 존경하는 사람들이 밤낮을 가리지 않고 그를 따라다니며, 그가 내뱉는 말을 한 마디도 빠뜨리지 않고 기록할 정도였다.

톨스토이 부부는 명예 외에도 부, 지위, 자녀, 이 모든 것을 가지고 있었다. 세상에 그들만큼 아름다운 부부는 없을 것 같았다. 그들이 막 결혼했을 때 그들의 사랑은 정열적이고 아름다웠다. 그들은 매일 밤 무릎을 꿇고 이 행복이 영원히 지속될 수 있도록 해달라며 기도하곤 했다.

그런데 예상치 못했던 일이 일어났다. 톨스토이가 점점 변해가기 시작한 것이다. 아니, 그는 완전히 다른 사람으로 변해버렸다. 자기 자신은 물론 자신이 쓴 작품까지도 모두 부끄럽게 생각하게 되었다. 그때부터 그는 평화를 추구하고 전쟁에 반대하며 빈곤 퇴치를 주장하는 글들을 쓰는데 여생을 바쳤다.

그는 젊은 시절 상상할 수 없이 많은 죄악과 잘못, 살인까지 저지른 것을 참회하며 진정으로 회개하고, 자신이 가진 모든 땅을 사람들에게 나누어주고 가난하게 살기를 자처했다.

그는 직접 논밭을 일구고 장작을 패고, 직접 신발을 만들어 신었으며, 나무그릇에 밥을 먹었다. 또 적들을 사랑하려고 애썼다.

톨스토이의 일생은 비극이었다. 그리고 그 비극을 초래한 원인은 바로 그의 결혼이었다.

그의 아내는 사치스러웠지만 그는 사치를 경멸했고, 그녀는 명예를 뽐내고 사회적인 찬사를 한 몸에 받고 싶어 했지만 그는 명예 따위는 거들떠보지도 않았다. 그녀는 많은 부와 재산을 원했지만 그는 개인적으로 무언가를 소유하는 것을 죄악으로 치부했다.

그렇게 몇 년이 흐르자, 아내의 잔소리와 불평, 불만, 비난은 점점 더 거세어졌다.

톨스토이는 누구든 자신의 작품을 책으로 만들어 출간할 수 있도록 하고 인세는 한 푼도 받지 않았지만, 아내는 당연히 대가를 챙겨야 한다고 고집을 부렸다. 그가 그녀의 그런 행동을 저지할수록 그녀의 행동은 점점 더 거칠어졌다. 닥치는 대로 부수며 자살하겠다고 위협도 했다.

결혼할 당시에 남들의 부러움을 한 몸에 사던 그들이었지만, 48년 후 톨스토이는 단 한 순간도 아내를 쳐다보지 않으려 했다.

어느 날 밤, 이 나이든 아내는 사랑을 갈구하며 남편 앞에 무릎을 꿇고 50년 전 남편이 자신을 위해 지었던 가장 아름다운 시를 읊어달라고 애원했다. 그리고 그가 읊은 가장 달콤한 구절이 이미 아스라진 꿈이 되어버렸다는 사실을 깨달은 그들은 그 자리에서 부둥켜안고 울음을 터뜨렸다. 아름다운 추억과는 너무도 다른 현실이 야속했기 때문이다.

1910년 여든두 살이 되었을 때, 그는 더 이상 아내의 잔소리를 참을 수 없다며 거센 눈보라가 치던 날 집을 떠나 추위와 어둠 속으로 사라져버렸고, 그 후로는 생사를 알 길이 없었다.

11일 후, 톨스토이는 한 기차역에서 폐렴으로 쓰러진 채 발견 되었다. 잔소리와 소란이 과연 그녀에게 무엇을 가져다주었는가?

"난 완전히 미쳤었어." 그녀는 참회의 눈물을 흘렸지만 너무 늦은 후였다.

. . .

링컨의 가장 큰 비극 역시 결혼이었다. 그는 존 위키스 부스가 쏜 총알에 치명적인 상처를 입고 숨을 거두기 전에도 이미 고통의 나락 속에서 하루하루를 살아가고 있었다.

그의 변호사 동료 역시 "링컨은 불행한 결혼으로 인한 고통 속에서 23년간 살았다"고 증언했다.

'불행한 결혼' 이란 말은 최대한 완곡한 표현이었다. 링컨은 결혼생활 내내 아내의 잔소리와 불평 속에서 보내야만 했다.

그녀는 끝없이 불평하고 남편을 비난했다. 그녀는 링컨의 모든 것이 틀렸다고 생각했다. 링컨의 등이 굽어 걷는 모습이 흉하고 마치 인디언처럼 딱딱하다고 불만을 터뜨렸다. 심지어 링컨의 걷는 모습을 흉내 내 보이며 걷는 모습을 고치라고 잔소리를 했다.

링컨의 큰 귀가 머리와 직각이 되는 것, 콧날이 오똑하지 못한 것, 아랫입술이 튀어나온 것, 손발은 큰데 머리는 너무 작은 것, 이 모든 것이 그녀의 불만사항이었다.

한 마디로 링컨과 그의 아내는 사사건건 충돌할 수밖에 없었다. 환경, 성격, 취미, 외모에 이르기까지 그들은 영원히 평행선을 달렸다.

당시의 한 국회의원이 쓴 회고록을 보면, "링컨 부인의 날카로운 목소리는 집 밖에서도 다 들릴 정도였다. 근방에 사는 이웃들은 그녀의 끊임없는 불평을 들어야만 했다. 그녀는 언제나 불평과 잔소리를 늘어놓았는데, 그녀의 성격이 얼마나 히스테릭했는지는 말로 설명하기도 힘들다."라는 대목이 나온다.

이런 잔소리와 비난, 불평불만이 과연 링컨을 변화시켰을까? 변화시킨 것이 맞기는 하다. 하지만 변한 것은 그녀를 대하는 링컨의 태도였다. 그는 자신의 불행한 결혼을 후회하며 아내와 최대한 마주치지 않으려 했다.

그가 스프링필드에서 변호사로 있을 때, 당시 동료 변호사들 11명과 함께 대법관을 따라 이곳저곳을 돌며 변호를 하곤 했다.

그런데 다른 동료들은 주말이 되면 모두 집으로 돌아가 가족들과 함께 휴일을 보냈지만, 링컨은 주말에도 스프링필드로 돌아가지 않았다. 아니, 집에 가는 것을 두려워했다고 하는 편이 더 정확할 것이다. 게다가 그는 봄과 가을에 3개월씩 재판이 열리지 않을 때에도 줄곧 타지에 머물며 집에 가지 않았다.

혼자 객지 생활을 하다보니 생활이 불편했지만 그래도 집에 돌아가 아내에게 심한 잔소리와 욕설을 듣는 것보다는 백번 나았다.

한 여자가 남편에게 고장 난 물건을 고쳐달라고 아무리 잔소리를 해도 남편은 늘 미루기만 한다고 친구에게 푸념을 했다. 게다가 수리공을 불러 고치는 것도 반대한다는 것이었다. 첫째는 돈이 아깝기 때문이고, 둘째는 아무도 자신보다 잘 고치지 못한다고 생각하기 때문이었다. 친구는 그녀에게 수리해야할 물건이 있을 때에는 남편에게 보름간의 시간을 주고 보름이 지나면 수리공을 부르기로 약속하라고 했다. 또 잊어버렸다는 핑계를 대지 못하도록 날짜를 달력에 표시해두라고 조언했다. 한 달 후, 그 여자는 즐거워하며 처음으로 수리공을 불러 물건을 수리했다고 말했다.

대부분의 경우 부부간의 충돌은 일정한 규칙을 세우는 것만으로도 해결될 수 있다.

한 부부가 주말에 무엇을 할 것인가를 놓고 노상 다투었다. 아내는 늘 집안에만 있는 생활에 싫증이 난다며 밖에 나가서 외식도 하고 영화도 보자고 했지만, 남편은 매일 밖에서 일과 접대에 신물이 나서 주말만이라도 집에서 편히 쉬고 싶다고 했다. 그 둘은 벌써 몇 년째 이 일로 부딪혔다. 그러던 어느 날 남편이 한 가지 제안을 했다. 각자 한 주씩 원하는 대로 주말을 보내자는 것이었다. 한 주는 아내가 바라는 대로 바깥나들이를 하고, 한 주는 남편의 말대로 집에서 음악을 듣고 TV를 보며 편히 지내는 것이었다. 과연 이 방법은 매우 효과적이었다. 그 후로 둘은 싸우지 않았을 뿐 아니라 다른 문제들까지 한꺼번에 해결되었다. 집에 있는 주말에는 아내가 남편에게 더욱 살갑게 대하며, 평일 동안 남편이 받았던 스트레스를 풀어주려고 노력하고, 그 다음 주말에는 남편이 아내를 즐겁게 해주기 위해 이벤트를 마련하곤 했다.

다툼을 해결하는 두 번째 방법은 둘 사이의 다툼을 일으키는 불만들이 과연 다툴만한 가치가 있는 일인지 곰곰이 생각해보는 것이다. 그리 중요한 일이 아니라면 서로 개의치 않기로 하고, 중요한 일이라면 규칙을 정해 해결하면 된다. 예를 들어 부부 중 누군가 늘 불만을 제기할 경우 상대가 직접 규칙을 정해 나쁜 행동을 고치도록 하는 것이다.

그 다음 단계는 대화법을 수정하는 것이다. 대화는 반드시 구체적으로 이루어져야 한다. 상대방이 무언가를 요구했을 때, "나중에 할게.", 혹은 "시간이 나면 할게."라는 식의 대답은 다툼을 일으키는 가장 흔한 대답이다. 집안일에 대해서 이야기를 한다면 언제까지 해야 하는지, 그리고 하지 않을 경우 어떤 부작용이 있는지 등을 구체적으로 이야기해야 한다.

수시로 가족회의를 열어 서로의 의견을 교환하는 것도 좋은 방법이다. 부부나 부모, 자식 간의 관계가 잔소리와 다툼으로 악화되지 않도록 사전에 예방하는 것이 최선이다.

••• 가정의 행복을 유지하고 싶다면 이 원칙은 반드시 지켜야 한다. 절대로 불평불만을 늘어놓거나 잔소리 하지 마라!

인생의 교과서

첫판 1쇄 펴낸날 2007년 4월 2일

지은이 루화난 | **옮긴이** 허유영 | **펴낸이** 문종현
펴낸곳 도서출판 달과소 | **출판등록** 2004년 1월 13일 제2004-6호
주소 우)121-840 서울시 마포구 서교동 395-64 회산빌딩 301호
전화 0502-123-8889 | **팩시밀리** 0502-123-8890 | **홈페이지** www.dalgaso.co.kr
본문디자인 · 일러스트 고냥새 catbird@graefikhaus.com | **찍은곳** 신우문화인쇄
ISBN 978-89-91223-16-5 [03820]

▪잘못된 책은 바꾸어 드립니다. ▪책값은 뒤표지에 표시되어 있습니다.